무신전기 5권

초판1쇄 펴냄 | 2018년 04월 17일

지은이 | 새벽검
발행인 | 성열관

펴낸곳 | 어울림 출판사
출판등록 / 2009년 1월 23일 제313-2009-12호
주소 / 경기도 고양시 일산동구 장항동 731 동하넥서스빌딩 307호
TEL / 031-919-0122
FAX / 031-919-0127
E-mail / 5ullim@hanmail.net

ISBN 978-89-992-4714-9 (04810)
ISBN 978-89-992-4655-5 (SET)

5

무신전기

새벽검 무협 장편소설

어울림

목차

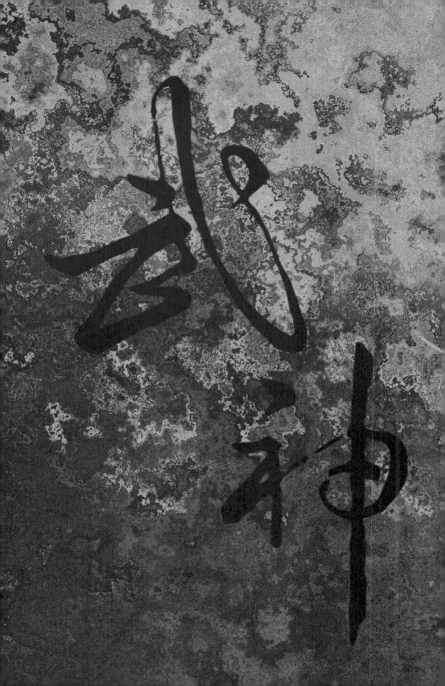

꼬리 자르기

"크흑……!"

망덕이 암수의 입을 틀어막고 있던 재갈을 풀어주자 암수가 턱을 좌우로 움직이며 뭉친 입 근육을 풀었다.

"네가 구주양을 죽이려 한 암수더냐?"

혜정의 물음에 암수가 고개를 주억거리며 흉흉한 낯빛으로 자신을 바라보는 장로들을 향해 눈매를 살짝 좁혔다.

암수의 눈길이 닿자 장로들이 살짝 놀라며 인상을 찡그렸는데, 장로들을 주욱 둘러보던 암수가 갑자기 고개를 저었다.

"여기 없소."

"무슨 말이냐?"

혜정의 물음에 암수가 혜정을 바라보며 입을 열었다.

"구주양을 암살하라고 나를 보냈던 이가 이곳에 없소. 그에 대해 말한다면 사형은 면해 주겠다고 했는데……."

정말로 안타까운 듯 입술을 살짝 깨무는 암수의 모습에 팔짱을 낀 채 암수를 조용히 바라보던 남궁세정이 그를 향해 입을 열었다.

"너를 보낸 이가 무림맹의 사람이 분명하더냐?"

"그렇소. 내가 알기로는 개방의 사람이었는데… 이곳엔 없구려."

"보통, 암수들은 청부인에 대한 정보를 목숨보다 귀이 여긴다고 하던데, 아니었나?"

남궁세정의 물음에 암수가 콧방귀를 끼며 말했다.

"흥! 그것도 암수 나름이지. 나같이 혼자 일하는 자에겐 목숨보다 귀한건 없소. 알량한 의리를 지키려 목숨을 내놓을 정도로 미련하지 않다는 말이오."

얼굴색 하나 바뀌지 않고 말하는 암수의 모습에 망덕이 마른침을 삼켰다.

계획대로 일이 순조롭게 진행되고 있다 느낀 망덕은 고개를 들어 장로들을 바라봤다.

혜정의 사문인 소림사부터 남궁세가, 모용세가, 제갈세가 등등, 유명 문파의 장로들이 이곳에 둘러앉아 있었다.

만약 무연의 말이 사실이라면 이들 중 한명이 실제 암수

를 보냈을 가능성이 컸다.

"그래. 너를 보낸 이가 누구라 하더냐?"

"개방의 누구라고 했는데, 내게 개방패가 찍힌 청부서를 넘겨주었소."

말을 마친 암수가 망덕에게 눈짓을 했다. 망덕이 청부서를 꺼내 장로들을 향해 펼쳐보였다.

청부 내용에는 대상인 남궁양의 이름이 적혀 있었고, 아래에는 개방패의 낙인이 찍혀 있었다.

"개방이라고⋯⋯?!"

개방이라는 말에 장로들이 수군댔다.

그중에서도 특히 무림맹주 혜정이 인상을 찡그리며 자리를 박차고 일어섰다.

"바른대로 말하라. 정녕 개방이 보낸 것이냐?!"

"나는 그렇게만 알고 있소. 내 일의 특성상 청부인에 대해 자세히 묻는 것이 결례라 묻지는 못했소."

"이상하지 않습니까?"

살짝 흥분한 혜정의 옆에서 남궁세정이 차분히 말했다.

그러자 모든 장로들의 시선이 남궁세정에게로 모였다.

남궁세정은 미간을 살짝 좁힌 채로 암수를 바라봤다.

"개방에서 살인을 청부했다고 칩시다. 헌데 어느 멍청한 놈이 자신의 사문의 인장이 찍힌 청부서를 암수에게 건네준단 말입니까?"

"크흠⋯ 확실히."

남궁세정의 말도 일리가 있었다.

제아무리 개방에서 살인 청부를 맡겼다고 한들, 무림맹의 주요 증인의 목숨을 사문의 낙인이 찍힌 청부서로 요구했을 리가 없었다. 그러자 암수가 재빨리 말을 붙였다.

"내가 원한 것이오. 무림맹 지하감옥에 잠입하는 건 쉬운 일이 아니었소. 또한 암살을 한 후 팽 당하지 않으려면 내 나름의 보험이 있었어야 했소. 그래서 그 청부서를 요구한 것이오."

무림맹 지하감옥에서의 암살.

이를 위해서는 무림맹 내부에서의 도움이 필요했다. 암수는 도움과 보험을 동시에 가지기 위해 개방의 청부서를 요구했다는 것이다.

똑똑똑!

문을 두들기는 소리와 함께 문지기의 목소리가 들려왔다.

"용천부단주 무연과 무림맹 서문 경비 담당 하문성 님이 무림맹 개방지부의 지부장 취설객을 구금하여 왔습니다."

말을 들은 혜정이 회의실 정문을 향해 시선을 돌렸다.

"들여보내거라."

"예!"

맹주인 혜정의 허락하에 무연과 하문성이 포권지례를 올리며 회의실로 들어섰다. 그들의 뒤에는 포승줄로 포박된 취설객이 따라 들어왔다. 그는 억울하다는 듯 결박된 입을

12

오물거리며 뭔가를 계속 외치려 하고 있었다.

"어찌된 거냐?"

혜정이 묻자 무연이 고개를 숙이며 답했다.

"암수가 증언을 하겠다고 한 후 취설객이 도주할 것을 우려하여 개방 지부로 향하고 있었습니다. 그 와중에 개방에선 살인 사건이 벌어졌고, 취설객이 유력 용의자로 붙잡혀 있었습니다."

무연의 말을 들은 장로들이 취설객을 바라봤다. 그중에서도 혜정이 성난 눈으로 취설객을 바라보며 외쳤다.

"그게 무슨 소리요. 개방 지부장?!"

뒤에서 취설객을 잡아 이끌던 무인이 무연의 눈짓에 그의 입을 결박하고 있던 천을 풀었다. 취설객이 억울하다는 듯 고개를 저으며 외쳤다.

"저는 정말로 모르는 일입니다!"

"대체 무슨 일인지 설명하라!"

"제가 설명드리겠습니다."

그때, 취설객의 뒤로 양소걸이 나타나 예를 갖추며 고개를 숙인 뒤 말을 이었다.

"용천부단주인 무연이 하북팽가의 흑막을 조사하기 위해 중앙표국으로 향했습니다. 이때, 저는 중앙표국에 대한 조사와 무연을 보조하기 위해 몇 가지 서신을 보내려 전서구를 날렸습니다. 하지만 제겐 보고되지 않은 전서구 한마리가 맹의 하늘을 날았습니다."

잠깐 말을 멈추고 숨을 내쉰 양소걸이 이어서 말했다.

"저는 보고되지 않은 이 한마리의 전서구에 대해 조사했고, 그 과정에서 전서구를 날렸다고 알려진 종구라는 개방도가 싸늘한 시신이 되어 발견되었습니다. 개방도였던 몇 명의 인원이 죽은 종구의 시신을 몰래 태우려 했고, 이를 천소단원인 운현이 알아차리고 막았습니다. 헌데 종구의 시신을 불태우려던 자들이 운현의 등장으로 계획이 저지되자 급히 취설객을 찾았습니다."

양소걸이 말을 마치며 취설객을 바라보았다. 취설객이 부릅뜬 눈으로 양소걸을 노려보다 맹주를 바라봤다.

"아닙니다. 그건……!"

"그리고 사실 보고 드리지 못한 내용이 있습니다."

잠자코 회의실에 앉아 상황을 지켜보던 도원이 혜정에게 한 양피지를 건넸다. 혜정이 의아한 눈으로 바라보자 도원이 양피지를 가리키며 말했다.

"구주양의 증언서입니다. 제가 처음 드렸던 증언서는 사실 몇 가지 내용을 누락시킨 수정본이었고, 이것이 바로 원본입니다."

도원의 말에 혜정이 살짝 커진 눈으로 증언서를 읽었다. 읽어 내려가던 혜정이 손끝이 파르르 떨려왔다. 그러자 남궁세정이 혜정을 보며 물었다.

"무슨 내용입니까?"

"이게, 이게 정녕 사실인가. 취설객?"

"무, 무슨 말씀이십니까?"

모두 읽은 혜정이 증언서를 반대로 돌려 취설객도 읽을 수 있게 했다. 증언서 내용의 중심에는 개방이라는 두글자가 적혀 있었다. '무림맹과 용천단이 중앙표국을 주시하고 곧 조사하려 할 것이라는 서신을 개방으로부터 받았다. 개방은 혈교와 밀접한 관계를 가지고 있다'라는 내용이 적혀 있었다.

"모, 모함입니다! 그래. 그렇군! 나를! 나를 모함하는 게냐! 모함입니다. 이 모든 것이 저와 개방을 노린 혈교의 계략입니다."

취설객이 두눈을 부라리며 무연과 양소걸, 망덕과 암수, 도원을 한꺼번에 돌아보며 외쳤다.

"이놈들! 감히! 개방을 상대로 모략을 꾸민 게냐! 누구냐! 혈교더냐! 혈교에서 개방을 무너뜨리기 위해 나를 모함하라 시킨 게냐!"

미친 듯이 외쳐대는 취설객을 보며 남궁세정이 조용히 일어나 암수가 받았다던 청부서를 내밀었다.

"보시오. 취설객. 개방패의 낙인이 찍힌 청부서요. 설마 개방패도 못 알아보진 않겠지."

"그럴 리가 없소……."

부정했지만 그것은 정말로 개방패의 낙인이었다.

그것도 개방에서 오결 이상 되는 서열의 존재들만 지니는 철패의 낙인이었다.

"뭔가, 뭔가 잘못되었소. 나는 그러지 않았소. 나는! 혈교와 아무런 관련이 없단 말이오!"

하지만 남궁세정의 표정은 이미 싸늘하게 식어 있었다.

그는 더는 볼 것도 없다는 듯 신형을 홱 돌리며 맹주를 향해 말했다.

"개방에 대한 조사를 시작해야 할것 같습니다. 취설객 홀로 꾸민 짓이 아닐 겁니다."

"그리해야지. 취설객을 끌고 가라. 그의 지부장 지위를 박탈하고, 지금부터 죄인으로서 심문을 진행하도록."

순식간에 여러 가지 혐의가 적용된 취설객이 억울하다며 고개를 저었다. 그의 시선이 남궁세정에게로 향했지만, 눈길 한번 주지 않았다.

자리에 앉은 남궁세정은 조용히 암수와 무연을 번갈아 본 후 불쾌한 듯 눈을 감았다.

"그가 정말로 혈교와 관련이 있을까. 우리가… 잘못 짚은건 아니겠지?"

살짝 떨리는 목소리로 양소걸이 물었다.

잠자코 팔짱을 낀 채 앉아 있던 무연은 말이 없었다. 운현이 양소걸의 어깨를 살짝 두들겨 주었다.

"형님을 믿으세요."

"하지만…….'"

그들의 대화를 듣고만 있던 무연이 팔짱을 풀며 입을 열었다.

"암수를 보낸 것은 취설객이 아니야. 다른 인물이겠군."

무연의 말을 들은 양소걸이 눈을 번쩍 뜨며 그게 무슨 소리냐는 듯 바라보며 말했다.

"암수를 보낸게 취설객이 아니…란 말인가?"

"암수는 이미 죽었습니다. 전에도 말씀드렸던 것처럼 그곳에 암수라 등장한 이는 감옥에 있던 다른 죄수입니다. 제가 암수의 대역을 맡아달라고 했죠."

"그, 그럼 취설객이 아니면 누가……."

무림맹의 본당 쪽으로 시선을 돌린 무연이 작게 말했다.

"몇 명 의심이 가는 인물이 있기는 하지만 취설객은 아닐 겁니다. 애초에 취설객이 보낸 암수였다면, 그가 알아보고 다른 수를 썼을 겁니다. 헌데 암수를 보자마자 그가 진짜라고 믿고 있는 눈치였습니다. 취설객은……."

"그럼, 그 자리에서 그가 진짜 암수가 아니란 걸 알고 있는 이가 있었다는 말이잖아?"

운현이 묻자 무연이 고개를 끄덕였다.

"그래. 두 사람 정도가 의심되는데, 이는 두고 봐야 알겠어."

무연의 말에 운현과 양소걸이 혼란스러워 할 때, 멀리서 낯익은 얼굴이 그들을 향해 빠른 걸음으로 다가왔다.

"양소걸님!"

"도욱? 네가 여긴 무슨 일이냐?"

헐떡이며 양소걸의 앞에 선 도욱이 가쁜 숨을 몰아쉬며

급히 말했다.

"하악! 하악! 허억! 죽겠네! 그게 다름이 아니라! 개방 지부의 집무실이 불에 타고 있습니다. 알아본 바로는 누군가 방화를 저질렀다는 것 같은데……."

"그게 정말이냐?!"

자리를 박차고 일어선 양소걸이 빠르게 신형을 날리며 뒤를 향해 외쳤다.

"나는 개방 지부로 가보겠네!"

저 멀리로 양소걸이 떠나가자 도욱이 인상을 팍 쓰며 어금니를 악물었다.

"하아, 힘든데!"

도욱이 다시 달리기 시작했다. 개방 지부가 불타고 있다는 말을 들은 운현은 곰곰이 생각하다 이내 뭔가 생각이 났다는 듯 손뼉을 치며 말했다.

"설마!"

무연이 궁금하여 운현을 바라보았다. 운현이 무연을 향해 말했다.

"나를 공격했던 개방도는 두명이었어. 한명은 취설객의 집무실에서 극독환으로 자살했지만, 다른 한명의 모습은 안 보였는데. 그자의 짓일까?"

운현의 말을 들은 무연이 저 멀리서부터 느껴지는 탄내에 인상을 살짝 찡그렸다.

"아마도. 취설객이 잡혀갔으니 꼬리 자르기를 시작하는

18

것 같군."

"꼬리 자르기?"

"중앙표국에 이어 이번엔 취설객이다. 저 불은 의도적으로 낸 것일 거야. 취설객에 대한 증거를 없애기 위해 불을 지른 것이 아니라, 취설객이 뭔가를 숨기고 있었다는 것처럼 보이게 불을 지른 것이지."

"의심을 사도록… 취설객을 넘기는 거군."

고개를 끄덕인 무연이 주먹을 말아쥐었다.

혈교의 행동이 점점 마음에 들지 않았다.

자신이 잠들어 있던 이십년의 공백에서 혈교의 잔가지가 너무도 넓게 뻗어나가 있었다. 잘라내야 하는 가지의 수는 잘라낼수록 더욱 많이 드러났다.

"아무래도 놀아나는 것 같군."

"놀아난다고?"

"겉으로 봤을 때는 혈교의 계획을 저지하는 것처럼 보이지만, 실상은 같은 정파 소속의 문파들을 약화시키고 있어. 하북팽가에 이어 이번엔 개방이다. 이렇게 되다간 혈교와 싸우기 전에 내부 분열이 일어날 수도 있겠어."

무림맹은 정파 무림의 집결체였기에 강인한 힘과 권력을 가지고 있었다. 하지만 무림맹에 속한 문파들은 각자 다른 야망을 지니고 있었다. 각각 장문인, 문주, 가주 등의 우두머리들이 존재했다.

같은 무림맹이란 지붕 아래에 숨을 쉬고 있지만 저마다

원하는 바가 달랐고, 목표가 달랐다. 그렇다 보니 무림맹이 가장 조심해야 할것은 서로에 대한 의심이었다.

그리고 혈교가 가장 바라는 것이 바로 정파 무림이 서로를 의심하게 만드는 것이다.

슥!

품속에서 위조된 철패를 꺼낸 무연은 손에 힘을 주어 그것을 종잇장처럼 구겼다.

* * *

"명령하신 대로 진행했습니다."

복면을 벗은 사내가 무릎을 꿇은 채 말했다.

기다란 용포를 입은 중년의 남자가 창밖, 멀리서 불타고 있는 개방 지부를 보며 조용히 물었다.

"운현이란 천소단원과 마주쳤다고?"

"예. 그 때문에 종구의 시신을 들키게 되었습니다."

"그래……."

용포를 입은 중년의 남자가 손을 가볍게 들었다.

스릉—!

툭— 툭—

복면을 벗은 개방도의 머리가 바닥을 데굴데굴 구르며 붉은 혈선을 그려냈다. 깔끔하게 목을 베어낸 남자가 시체가 되어버린 개방도를 내다보며 말했다.

"묻을까요?"

"묻어. 깊숙이."

"알겠습니다."

그는 능숙하게 검은 보따리에 개방도의 시신을 집어넣고 끈을 동여맨 후 어디론가 끌고 내려갔다.

"무연이라."

우득—!

그의 손에 들려 있던 부채가 파드득—! 소리를 내며 부서졌다.

"재미있는 짓을 하는군."

* * *

"갔다 올 곳이 있어."

한소진이 자신을 의아한 표정으로 바라보자 무연이 작게 숨을 내쉬며 물었다.

"흠, 우리를 도와준 죄수가 말했던 쌍룡문이란 문파 기억해?"

"쌍룡문을 조사하러 가자는 거야?"

"그래. 도움을 받았으니 이젠 도와줘야지."

무연의 말을 들은 한소진이 짐을 챙기기 위해 신형을 돌렸다. 무연이 그녀를 향해 말했다.

"이번엔 나 혼자 갈거야."

한소진이 발걸음을 멈추고 무연을 바라봤다.

"혼자 간다고?"

"그래. 어차피 쌍룡문이란 중소문파를 조사하는 거야. 네가 동행할 필요는 없어."

"어차피 내가 이곳에서 할 것도 없어."

"아니, 광암님을 도와 정사대전의 자료를 조사해줘. 당장 마교로는 갈 수 없으니 네가 알고 있는 정사대전의 정보와 무림맹의 정보를 비교해서 알려줘."

고개를 끄덕인 한소진이 무연을 향해 물었다.

"얼마나 걸려? 갔다 오는데?"

"산동이라 거리는 오래 걸리지 않겠지만 상황이 어떻게 돌아가느냐에 따라 다르니, 대충 보름 정도 생각하고 있어."

무연의 말이 끝나자 한소진이 신형을 휙 돌려 걸었다.

가타부타 말없이 신형을 돌리는 한소진의 모습에 무연이 작게 미소 지은 뒤 도원이 있는 집무실로 향했다.

"산동으로? 쌍룡문은 어쩐 일로 가는 게냐?"

"다녀와서 말씀드리겠습니다."

도원이 탐탁지 않은 눈빛으로 무연을 바라봤다.

무심한 표정의 무연을 지긋이 바라보던 도원은 이내 고개를 저었다.

"그래. 다녀와서 말하거라. 네가 그리 말하는 데에는 이유가 있겠지."

둥둥!

집무실의 문이 거칠게 두들겨졌다. 담소를 나누던 무연과 도원의 고개가 동시에 집무실 정문으로 향했다.

그때 익숙한 목소리가 문밖에서 들려왔다.

"단주님. 저 주염입니다."

"들어와라."

집무실의 문이 열리면서 주염이 급히 들어왔다.

그는 이마에 흐르는 땀을 닦을 새도 없이 도원에게 다가와 말했다.

"취설객이… 자살했다고 합니다!"

"뭐야?!"

도원과 무연 그리고 소식을 전한 주염이 한걸음에 달려온 곳에는 아직 온기가 남은 취설객의 시신이 하얀 천에 덮여 있었다. 망덕이 취설객의 시신을 이곳저곳 살펴보고 있었는데, 타살의 흔적은 보이지 않았다.

"극독환으로 자살했습니다. 취설객의 집무실에서 자살한 개방도의 극독환과 같은 종류의 독입니다."

자살 소식에 달려온 혜정이 굳은 얼굴로 죽은 취설객의 시신을 내려다보았다.

"타살의 가능성은?"

혜정의 물음에 망덕이 고개를 저었다.

"불가능합니다. 이곳은 출입구가 하나인데 제가 지키고 있었습니다. 개미 새끼 한마리 얼씬도 하지 않았는데…

취설객이 갑자기 바닥에 풀썩 쓰러졌습니다. 그리고는 이렇게 되었습니다."

양눈을 검지와 엄지로 꾸욱 꾹 누르며 혜정이 침통한 신음을 흘렸다. 하북팽가주였던 팽우양이 죽고, 이번엔 무림맹 개방지부의 지부장이 자살했다.

악재가 겹치고 겹쳤다.

"자네는 어떻게 생각하는가?"

혜정의 말에 도원이 답했다.

"무엇을 말입니까."

"지금 무림맹에서 일어나는 일련의 사건들이 정상적이라고 생각하는가?"

"아닙니다."

"혈교라는 놈들은 직접 나서고 있지 않네. 헌데도 무림맹 내부에서 자꾸 분열이 일어나고 있어. 왜인지 모르겠네. 어째서……."

"저희가 무인이기 때문입니다."

들려오는 무연의 목소리에 혜정과 도원이 동시에 바라봤다. 무연은 무심한 눈으로 취설객의 시신을 내려다보고 있었다.

"그게 무슨 소리지?"

혜정의 물음에 무연이 고개를 들어 혜정을 바라봤다.

"팽우양과 취설객이 공통적으로 한 말이 있습니다. 평화가 무인을 망치고 있다는 말입니다."

평화를 이루기 위해 많은 희생과 대가를 치렀다. 하지만 평화가 무인을 망치고 있다니. 혜정이 이해가 안 된다는 듯 인상을 찡그리자 무연이 입을 열었다.

맹주실에 들어온 혜정이 구석에 마련된 침대에 몸을 뉘었다. 주름진 오른손을 들어 얼굴을 덮은 혜정이 거친 숨을 토해냈다. 마지막, 무연이 떠나기 전 했던 말이 뇌리에 박혀 떠나가질 않았다.

"무인들이 평화를 두려워하고 있습니다."

이 간결한 한마디에 혜정은 쉽사리 잠을 청할 수가 없었다. 그는 무림맹의 존재 의의를 중원의 평화에서 찾았다. 수많은 희생을 통해 겨우 얻어낸 값진 승리와 평화는 중원을 더욱 이롭게 만들고 있다고 믿어 의심치 않았다.

헌데 무인들이 평화를 두려워하고 있다는 말을 듣고 나서 가슴이 답답했다.

그 한마디가 혜정의 가슴을 무겁게 짓눌렀다.

"무인이란, 무(武)를 통해 자신의 신념을 이루는 자들이다."

혜정은 그 신념이 바로 중원의 평화라 믿었다.

"평화를 이루어낸 무인에게 남은 신념은……."

자문해보았지만 답은 나오지 않았다.

다음 날 아침. 무림맹의 서문을 통해 빠져나온 무연이 산동으로 향했다.

본래는 망덕을 통해 쌍룡문을 조사할 생각이었지만, 취설객의 일로 업무량이 증가했다. 죄수인 규주라는 사내는 빠른 시일 내로 감옥에서 나가고 싶다 청해왔다.

암수로 위장한 적이 있는 자라 감옥에 오래 두어서 좋을 것이 없으므로 무연이 직접 쌍룡문에 대한 조사를 나간 것이다. 약 나흘간 빠른 걸음으로 걸은 무연의 앞에 산동성의 성도인 제남이 보였다.

쌍룡문은 제남으로부터 반나절 거리에 위치해 있었다. 밤이 늦었기 때문에 객잔에 들린 무연은 자리에 걸터앉으며 텅 빈 뱃속을 채우기 위해 간단한 음식을 시켰다.

음식이 나오기 전 홍정차가 먼저 나왔다. 붉은빛을 띠는 홍정차를 마시던 무연의 귓가에 흥미로운 얘깃거리가 들려왔다.

"쌍룡문이 점점 더 위세를 늘리는군 그래."

"소소량이 문주가 된 이후로 주변 문파들을 흡수하려 안달이 나 있다고 하더군."

"흐. 이몽우 같은 무인이 그리될 줄 누가 알았겠는가. 허허."

"그래. 이몽우의 여식이었던 이령은 뭐하고 지낸다고 하던가?"

"글쎄, 들리는 말에 의하면 문주다툼에서 패배해 쫓겨났다고 하더군. 불쌍한 아이야."

주거니 받거니 이야기를 나누던 평범한 농부들의 식탁에 별안간 한 사내가 찻잔을 들고 합석했다.

농부들이 놀란 눈으로 사내를 바라봤다. 머리를 허리까지 길게 기른 사내의 품에서 은화 한냥이 굴러 나오자 농부들이 눈을 번쩍였다.

"흥미로운 얘기인데 더 들을 수 있겠소?"

농부들을 바라보는 무연이 작게 미소 지었다.

* * *

"헉! 헉…! 염병할! 뭐가 이렇게 멀어!"

거친 숨을 토해내며 담백이 인상을 있는 대로 찡그렸다. 하남의 북쪽에 위치한 한가장에서 신강까지의 거리는 엄청났다. 담백은 그동안 열세개의 산을 넘고, 두개의 강을 지났으며 그보다 더 많은 도시들을 거쳤다.

하지만 신강까지는 아직도 한참 더 가야 했다. 신강에 도착한다 해도 구엽자지선란실을 찾을 거란 보장이 있는 것도 아니었다.

감숙성의 성도인 난주에 도착한 담백이 이마에 흐르는

땀을 닦아내며 허리를 꼿꼿이 폈다.

"하아… 내가 왜 이러고 있는 거지."

언제 주군의 부름이 있을지 모르는데 하남과 한참 떨어진 신강을 향해 가고 있었다. 그것도 있는지 없는지 확실하지도 않은, 전설에나 나온다는 구엽자지선란실을 찾아. 담백, 자신이 생각해도 참으로 미련한 짓이었다.

지금이라도 발길을 돌려 하남으로 향한다면 주군의 부름에 늦지 않을 것이다.

가만히 자리에 서서 고민하던 담백이 고개를 끄덕였다.

"그래. 지금이라도 늦지 않았어."

결심을 굳힌 담백이 걸음을 재촉했다. 하지만 마음과는 달리 그의 발걸음은 난주를 지나 신강으로 향했다.

* * *

"후…우!"

이령은 속이 답답했다. 솔직히 말하자면 미칠것 같았다. 아버지인 이몽우가 평생을 바쳐 일궈낸 문파인 태산문과 소소량이란 요망한 여인이 문주로 있는 요령문이 쌍룡문이란 이름으로 합쳐지고 얼마 지나지 않아 문주인 아버지가 독초에 의해 주화입마에 빠졌다.

산동의 강자이자 선풍패도(僊風覇刀)라 불리던 이몽우가 극독초도 아닌 길거리에서 흔히 볼 수 있는 이름 없는

독초에 의해 주화입마에 빠졌다는 사실이 믿기 힘들었지만, 그는 정말로 주화입마에 빠졌다.

약 일년간 이령이 이몽우를 보살폈지만 나아질 기미가 보이지 않았다. 일년동안 태산문의 문주직을 비워둘 순 없다며 소소량이 맡기로 했다. 그녀는 애초 요령문의 문주였고, 이몽우의 부인이기 때문에 문제될 것은 없었다.

우드득—!

이령이 이를 갈았다.

"분명 그 계집 때문인데…….."

답답함에 머리를 부여잡은 이령이 눈을 질끈 감았다.

그녀는 이몽우가 독초 때문에 주화입마에 걸렸다고 믿지 않았다. 태산문의 문주직을 노린 소소량이 모종의 수를 써서 이몽우를 주화입마에 빠지게 한 것이라 믿었다. 문제는 '모종의 수'를 밝혀낼 수가 없다는 것이다.

때문에 이령은 무리를 해가면서 쌍룡문의 전신이자 아버지의 평생이 담긴 태산문을 지키기 위해 문주직을 걸고 소소량과 맞붙었다. 하지만 그녀는 처참하게 깨지고 말았고 결국 쌍룡문에서 쫓겨났다. 소소량의 실력은 별 볼일 없다고 알려져 있지만, 그녀의 그림자처럼 따라다니는 호위 무인의 실력은 보통이 아니었다. 인정하기 싫었지만, 몇몇 사람들 사이에서는 호위 무인의 수준이 과거 선풍패도 이몽우와 비슷하거나 더 높다고 할 정도였으니 이령이 문주 다툼에서 이길 리가 만무했다.

"이대로 쌍룡문을 넘길 수도 없고…….."

이령은 현재 쌍룡문에서 쫓겨나 변방의 작은 객잔에 투숙 중이었다. 태산문의 총수였던 양 노인의 도움으로 근근히 살아갔다. 고민의 고민을 거듭하던 이령은 오늘따라 더욱 쓰게 느껴지는 차를 억지로 삼키며 저 멀리 쌍룡문을 바라봤다. 그때였다.

"이령?"

낯선 목소리에 이령이 고개를 돌렸다.

그곳에는 검은 무복을 입고 허리까지 머리를 길게 기른 사내가 이령을 내려다보고 있었다.

"맞는데, 누구시죠?"

이령이 경계하는 눈빛으로 바라보자 사내가 식탁에 마주 앉았다.

"앉아도 된다고 한 적 없는데요?"

"쌍룡문, 소소량과 이몽우."

말을 무시한 사내에 이령이 얼굴을 굳혔다.

"목적이 뭐예요?"

"간단해. 내가 아는 사람이 이몽우를 주화입마에 빠지게 한 죄로 무림맹 지하감옥에 투옥되어 있어. 조사해본 바로는 이몽우의 실력은 절정. 제아무리 독초를 먹었어도 주화입마에 빠질 자가 아닌데 4년째 식물인간 상태라?"

사내의 말이 끝나기가 무섭게 이령이 자리를 박차고 일어나 허리춤에 달려 있던 도를 뽑아냈다.

"네놈이 그 새끼와 아는 사이라고?!"

이령이 성난 목소리로 외치며 도를 뽑자 객잔 사람들의 이목이 그들에게 집중되었다.

"하지만 뭔가 꺼림칙한 구석이 있어서 말이야. 독초로 주화입마에 빠진게 사실인가?"

"사실…이야. 그 사기꾼 새끼가 건넨 독초 때문에."

"그리고 너는 소소량과의 문주 다툼에서 패배해 쫓겨났고?"

쫘악—!

이령이 도를 쥔 손에 힘을 주었다.

"왜 내게 온거지? 심심해서 모욕이라도 주려고 온건가?"

사나운 이령의 목소리에 사내가 고개를 저었다.

"내 이름은 무명이다. 앞서 말했듯이 아는 사람에게 빚을 지게 되어서 그 사람을 감옥에서 빼내줘야 하거든. 근데 빼내려면 그자의 무죄를 증명해야 하고… 이쯤 되면 내가 뭘 원하는지 알겠지?"

사내의 말에 이령이 눈을 빛냈다.

"무죄를 밝힌다는 건, 독초 때문에 내 아버지가 주화입마에 빠진게 아니라는 거야?"

"그건 차차 알아봐야 하지만 난 이몽우가 독초 때문에 주화입마에 빠졌다고 생각하지 않아. 다른 이유가 있을 거라 생각하지."

"나도 너와 같은 생각이야. 그걸 알아내기 위해선 쌍룡문에 쓰러져 계신 아버지를 만나야 하는데……."

무명과 함께 객잔을 빠져나온 이령이 자신의 짧은 단발머리를 긁적이며 쌍룡문을 바라봤다.

"너도 알다시피 나는 쌍룡문에서 쫓겨났어. 다시 들어가려면 소소량에게 도전해야 하는데 문제가 있어."

"무슨 문제?"

얼굴을 굳힌 이령이 머리를 뒤로 쓸어넘겨 끈으로 질끈묶은 뒤 무명을 바라봤다.

"실력자가 필요해. 그것도 무공 수준이 아주 뛰어난. 인정하긴 싫지만 소소량 그년을 지키는 호위 무인의 실력이보통이 아니야."

"문제가 그뿐이라면 지금 당장 쌍룡문으로 가자."

아무 상관없다는 듯 담담하게 말하는 무명에 이령이 인상을 찡그리며 그의 앞을 가로막았다.

"상관없다니?! 그게 제일 큰 문제야. 내가 쌍룡문으로복귀하기 위해서는 나도 소소량의 호위 무인과 비슷한 수준인 무인의 도움이 필요해."

계속 무심한 표정을 유지하던 무명의 눈썹이 꿈틀했다.

"이해가 안 가는군. 대체 소소량의 호위 무인과 네 호위무인이 문주의 자리와 무슨 상관이지?"

"후우……."

무명의 질문에 이령이 긴 한숨을 내쉬었다. 그녀는 허리춤에 메인 도의 손잡이를 만지작거리며 입을 열었다.

"쌍룡문은 태산문과 요령문이 합쳐져 생긴 문파야. 그때까지는 태산문의 규모가 더 컸고, 위세도 더욱 드높았기 때문에 아버지가 문주자리를 맡는 것이 당연하게 되었어. 하지만 아버지가 주화입마에 빠지고 문주자리가 공석이 되자, 그 공석을 누가 채우느냐가 문제가 되었지."

그것까지는 무명도 알고 있던 사실이었기 때문에 고개를 끄덕였다. 무명의 반응을 살피던 이령이 말을 이었다.

"그때, 소소량이 내게 한가지 제안을 해왔어. 보통이라면 요령문의 문주였던 자신이 문주직을 맡는게 당연하지만 쌍룡문처럼 세를 넓혀가는 문파의 문주는 사람을 다루는 수완과 본신이 지닌 능력이 뛰어나야 하지 않겠냐는 것이 그녀의 뜻이었지."

"본신이 지닌 능력이라면 자신의 무공수준을 뜻하는 것이겠고, 사람을 다루는 수완이라… 문주 다툼에서 그 호위 무인을 내세운 건가?"

"맞아. 태산문과 요령문의 대표 한명과 대표가 선출한 세명의 무인들이 다투어 승패를 따지자는 거였지. 우습게도 소소량은 쌍룡문… 아니, 요령문에 속해 있지 않았던 무인들을 자신의 호위 무인이자 대표 무인으로 내세웠어. 태산문에 비해 요령문의 무인들이 약하다는 점을 보완하기 위해서였지. 칼자루를 쥐고 있는 쪽은 소소량 쪽이었으니 나로서는 어떻게 할 수가 없었고…….”

이제야 왜 문주다툼에서 패배했는지 알게 된 무명이 이령을 위아래로 훑어보았다.

"네가 내세운 태산문의 무인들이 호위 무인 한명에게 전부 깨졌고, 너도 졌나?"

"아니! 난 싸워보지도 못했어. 소소량의 호위 무인이 태산문의 무인들을 모두… 쓰러뜨렸으니까."

대충 돌아가는 상황을 파악한 무명이 이령을 바라봤다.

결국 문주 다툼에서 중요한 것은 뛰어난 실력을 갖춘 무인이었고, 소소량은 이를 지니고 있었다.

소소량의 호위 무인은 문주직을 건 대결에서 이령을 대표로 한 태산문의 무인들을 홀로 쓰러뜨렸다. 이령은 소소량에게 도전할 기회도 얻지 못한 채 쫓겨난 것이다.

"요령문의 위세가 태산문보다 높아졌겠군."

"사실이야. 내가 패배한 이후 소소량이 문주가 되었고, 계속해서 태산문 소속의 무인들을 압박하거나 자신의 편으로 회유하는 것 같아. 뭐, 다른 문파였지만 지금은 쌍룡문이라는 하나의 문파가 되었으니 네편, 내편 하는 것도 우습지만."

바닥에서 엉겁의 세월을 보내던 애꿎은 돌조각을 발로 차며 이령이 분을 삭였다. 씩씩거리는 이령의 옆에선 무명이 쌍룡문을 올려다보며 흥미로운 표정을 지었다.

"어쨌든 그쪽 사람을 빼내려면 내가 쌍룡문에 복귀해서 아버지를 만나야 하는데, 그러려면 내게도 수준 높은 무인

이 필요해. 소소량이 그랬던 것처럼 굳이 태산문 소속이
아니더라도 나의 대표자가 될 무인이면 돼."

"가지."

"어딜? 혹시 아는 무인이라도 있어?"

"아니, 필요 없어."

말을 마친 무명이 거침없이 쌍룡문을 향해 걸어갔다.

놀란 이령이 무명의 옆에 따라붙으며 말했다.

"여태껏 뭘 들었어?! 실력 있는 무인이 필요하다니까!"

"알아."

단호한 한마디를 남긴 무명이 쌍룡문을 향해 올라갔다.

"아니, 저⋯⋯."

자신의 말은 신경도 쓰지 않는 저놈에게 화를 낼까. 아니
면 주제를 모르는 저놈의 뒤통수라도 시원하게 갈겨줄까.
아니면 그냥 따라갈까.

복잡한 선택들이 이령의 머릿속을 가득 메웠다.

"하아⋯⋯!"

고개를 저은 이령이 무명을 따라 쌍룡문을 올랐다.

소소량의 대한 복수심으로 끙끙 앓는게 지겨웠다. 주화
입마에 빠진 채 식물인간처럼 누워 있는 아버지를 못 보는
것도 지겨웠다. 어디에 있을지 모르는 뛰어난 실력의 무인
을 찾는 것도 지겨웠다. 고민하는 게 지겨웠다. 홀로 슬픔
에 잠기는 것도 지겨웠다.

그래서일까. 아무런 문제없다는 듯 걸어 올라가는 무명

의 당당한 걸음이 마음에 들었다.

"같이 가."

성큼성큼 올라가는 무명의 뒤를 이령이 바짝 따라붙었다.

*　*　*

"후우. 그런데…….

광활한 평야가 한눈에 펼쳐졌다. 사방엔 산들로 가득했고, 세상을 푸르게 빛내주는 녹림이 그를 맞이했다.

"이런 곳에서 무슨 수로 찾지…….

설영의 말에 따르면 구엽자지선란실은 잎이 아홉개가 달린 난의 열매라고 했다.

잎이 아홉개인 난을 찾으면 되는 것인데, 수십개의 봉우리와 이를 떠받치고 있는 산들에는 수천, 수만개의 야생난초가 존재했다. 그냥 보아도 잎이 수개는 달려 있는 난초중 오로지 아홉개가 달린 난초를 찾아야 했다.

"돌겠군, 돌겠어."

아찔한 현기증을 느낀 담백이 터덜터덜 걷기 시작했다.

이곳까지 온 이상 포기할 순 없었다.

*　*　*

"멈춰라."

쌍룡문의 정문에서 문지기 무인이 무명과 이령을 막아섰다. 그들의 행동에 이령이 인상을 쓰며 말했다.

"제가 누군지 모르시나요?"

이령을 바라본 문지기는 알아본 듯 눈썹을 꿈틀했지만, 여전히 그들을 막아선 손을 거둘 생각은 없어 보였다.

"태산문주였던 이몽우님의 따님이 아니십니까?"

살짝 비아냥대는 듯한 문지기의 말투에 이령이 얼굴을 굳혔다. 태산문의 무인이 아니었다. 그랬다면 이렇게 이령을 상대로 비아냥대지 않았을 테니.

'요령문인가…….'

문지기의 무심한 태도에 이령이 이를 갈았다.

"비켜. 문주직을 돌려받으러 왔으니까."

문지기를 향해 쌍룡문을 찾아온 온 목적을 이야기하려던 찰나, 무명이 먼저 입을 열었다.

무명의 말을 들은 문지기가 굳은 얼굴로 말했다.

"뭐? 문주직을 돌려받아?"

"그래요. 현 쌍룡문주 소소량에게 도전하러 왔습니다. 태산문의 대표로요."

무명을 바라보던 문지기가 이번엔 이령에게로 고개를 돌렸다. 이령을 위아래로 훑어보던 문지기가 손을 거두고 문을 열었다.

"한번이라도 패배하시면 영원히 쌍룡문에서 쫓겨나 못

들어오실 겁니다."

이죽대는 문지기의 말에 이령이 말없이 쌍룡문으로 들어섰다. 무명이 이령을 따라 쌍룡문으로 들어서자 문지기가 입을 열었다.

"저 여자의 뭘 믿고 같이 온건지 모르겠……."

문지기의 말을 무시한 채 무명이 성큼성큼 쌍룡문으로 들어갔다. 무시당한 문지기가 무명의 뒤통수에 대고 욕지기를 흘렸으나 그는 이마저도 무시한 채 거대한 쌍룡문의 장원을 둘러보았다.

"큰 장원이군."

"괜히 태산문이라 불렸던 게 아니니까. 그리고 요령문과 합치면서 세를 확장시켰어."

"아니, 이게 누구야? 이령 아니야?"

장원의 중심부에서 한가롭게 걷던 사내가 이령을 발견하고 재빠르게 다가와 그녀를 위아래로 훑어보았다.

이령은 눈빛이 마음에 들지 않는 듯 연신 불쾌한 표정을 지었지만, 사내는 별 신경 쓰지 않고 미소를 띠었다.

"쫓겨난 뒤로 전전긍긍하며 살고 있다더니 웬일이야?"

문지기와 같이 비아냥대는 듯한 사내의 말투에 이령이 이를 악문 채 말했다.

"네놈과는 상관없으니까, 당장 네 누이나 불러오시지."

"하하! 미친년. 문파에서 쫓겨난 후로 눈에 뵈는게 없나 보지? 소소량은 쌍룡문의 문주야… 이 버릇없는 계…뒤

통수.”

이령의 머리를 콕콕 찌르려고 사내가 손을 뻗는 순간 무명이 손을 뻗어 손목을 잡아챘다.

“뭐야. 넌?!”

“알거 없고, 태산문의 대표 이령이 소소량에게 도전하러 왔으니 가서 문주나 불러와.”

“내가 누구인 줄 알… 크윽!”

무명의 말에 화가 난 사내가 성난 목소리와 함께 잡힌 손목을 빼내려고 했다. 무명이 잡은 손에 힘을 주자 사내가 휘청거리며 자리에 주저앉았다.

마치 거대한 돌덩이가 사방에서 짓누르는 듯한 고통에 사내가 울부짖었다.

“크, 크악! 미, 미안해. 제발 놔줘. 부, 부러진다!”

주저앉은 채 애원하는 사내의 모습에 이령이 무명의 어깨에 손을 얹으며 말했다.

“소소량의 남동생, 소오찬이에요.”

“그래서?”

“하… 이자를 다치게 하면 복잡해지니까 놔주세요.”

“크윽!”

손을 놔주자 손목을 부여잡은 소오찬이 자리에 일어서서 충혈된 눈으로 이령과 무명을 번갈아 노려보았다.

“이곳에서 딱 기다려라!”

말을 마친 소오찬이 급히 본당으로 달려갔다. 소오찬을

한심하게 바라보던 이령의 옆에 묘령의 여인이 다가왔다.

"이, 이령?"

"유소 언니?"

아는 사람을 발견한 듯 이령이 유소라는 여인을 부둥켜 안았다. 짧은 재회의 기쁨을 나누던 중 유소라는 여인이 뭔가 깨달은 듯 이령을 놓아주며 황급히 말했다.

"태산문 소속의 무인들이 요령문으로 옮겨갔어."

"그게 무슨 말이야?"

"소소량이 문주가 된 이후로, 쌍룡문에서는 알게 모르게 태산문과 요령문 출신의 무인들이 서로를 나누기 시작했 어. 처음이야 태산문의 무인들이 훨씬 많았고, 수준이 높 아 괜찮았지만 문주인 소소량이 요령문 출신인 것 때문에 태산문의 무인들이 어느 순간부터 차별을 받더니……."

유소의 두손을 꼭 쥔 이령이 고개를 떨구었다. 태산문의 무인들이 받는 모든 고통들과 차별이 자신 때문인 것 같았 다. 비록 싸워보지도 못하고 쫓겨났지만, 너무 안일하게 대응한 것이 이 모든 일의 원흉이라 생각했다.

"도전하러 온거지…? 문주에게."

유소가 조심히 물었다. 그러자 이령이 고개를 끄덕이며 말했다.

"응. 맞아. 태산문의 대표로 도전하러 왔어."

"지금 태산문의 대표로 나설 수 있는 무인이 없어."

"뭐?"

그게 무슨 소리냐는 듯 이령이 유소를 바라봤다. 그러자 유소가 고개를 저었다. 나설 수 있는 무인이 없다는 말에 이령이 유소에게서 떨어져 쌍룡문을 바라봤다. 항상 집처럼 느껴졌던 쌍룡문이 오늘따라 낯설게 느껴졌다.

소오찬을 통해 벌어진 소동 때문에 자신을 바라보는 쌍룡문 무인들의 시선이 낯설었다. 항상 밝게 웃으며 이령을 반기던 무인들의 모습은 이제 찾아보기 힘들었다.

그 짧은 사이에 자신은 이방인이 된 것이다.

"이령?"

귀에 익은 목소리에 이령이 고개를 획 돌렸다.

그곳에는 남색 여성용 용포를 두른 여인이 오연하게 서서 이령과 무명을 번갈아가며 바라보고 있었다.

"뻔뻔하게 낯짝을 들이미는 것으로도 모자라 내 동생까지 다치게 해?"

표독스러운 소소량의 말에 이령이 인상을 찡그렸다. 언제 들어도 불쾌한 목소리였다.

"큰일이야."

조용히 속삭이는 이령에 무명이 바라보았다. 이령이 무명에게 가까이 다가와 작은 목소리로 중얼거리듯 말했다.

"지금 날 도와줄 태산문의 무인들이 없어. 네가 호위 무인을 이긴다 하더라도 나머지……."

"소소량, 네게 문주직을 걸고 도전하러 왔다."

이령의 말을 잠자코 듣던 무명이 별일 아니라는 듯 소소량을 향해 외쳤다. 놀란 이령이 화를 잔뜩 억누른 표정으로 무명을 바라봤지만, 이미 엎질러진 물이었다. 소소량이 가소롭다는 듯 웃으며 이령과 무명을 바라봤다.

"하?! 문주 도전은 이번이 마지막 기회라는 건 잘 알고 있겠지?"

"그…래."

이를 갈며 무명을 한번 노려본 이령이 소소량을 바라봤다.

"그런데 널 도와줄 무인들이 보이질 않는구나? 어디 있는 거지? 내 눈에만 안 보이는 건가?"

뻔히 없는걸 알면서도 소소량이 주변을 둘러보는 척을 하자 이령이 더욱 이를 바득바득 갈았다.

"설마 세명 전부 필요해?"

무연이 혹시나 하는 마음에 묻자 이령이 고개를 저었다.

"그건 아니야. 최대 세명의 무인들이 대련에 나설 수 있는 거지 꼭 세명일 필요는 없어."

"그럼 됐다."

"잠깐!"

앞으로 나서려는 무명을 이령이 붙잡았다. 무명이 또 뭐냐는 얼굴로 바라보자 이령이 고개를 저으며 말했다.

"네가 급한건 알겠지만, 아쉽게도 대련은 도전한 다음 날에 시작돼."

"그럼… 내일까지 기다려야 한다는 소리야?"

"그렇지."

이령의 말이 끝나자 무명이 미련 없이 신형을 돌렸다.

그를 보던 소소량이 이령을 향해 비아냥거렸다.

"설마 저 계집처럼 머리를 길게 기른 사내 하나만을 믿고 도전한 건 아니겠지?"

들려오는 소소량의 이죽거림에 이령이 입술을 살짝 깨물었다. 신형을 돌려 쌍룡문을 빠져나가던 무명의 오른팔을 잡아 품에 안으며 미소 지었다.

"흥! 물론이지, 내 대표로 나설 무인은 무명 한명으로도 충분해!"

자신감에 넘치는 표정으로 외친 이령이 소소량을 똑바로 바라봤다. 사실 그녀는 일종의 수를 던진 것이다.

소소량은 자존심 강한 여인. 만약 이령이 무명 한명으로 도전한다는 사실을 알게 되면 그녀 역시 호위 무인 한명을 내세울 가능성이 컸다.

이령의 수가 먹혔든 것일까. 이죽거리던 소소량이 미소를 지우고는 무명과 이령을 번갈아 봤다. 자신의 호위 무인을 한번 본뒤 입을 열려는 순간 호위 무인이 소소량을 저지했다. 무인은 조용히 고개를 저었다. 이를 본 소소량이 이를 바드득 갈며 마지못해 고개를 끄덕였다.

"내일 정시. 연무장에서 대련을 시작한다. 쌍룡문의 모든 장로들이 보는 앞에서 너의 마지막 도전이 될거야."

신형을 휙 돌려 사라지는 소소량을 본 이령이 한숨을 내쉬며 머리를 부여잡았다. 자신의 꾀에 소소량이 거의 넘어 왔거늘, 호위 무인 때문에 무산되어버린 것이다.

"뭐하냐?"

그 물음에 이령이 무명을 노려보았다.

"내 마지막 도전이야. 만약 이번에도 패배한다면 난 다시는 쌍룡문에 발을 디딜 수 없어."

불안한 듯 흔들리는 이령의 눈동자에 무명이 좀처럼 보이지 않던 미소를 보였다.

"걱정 마라. 나도 질 생각은 없으니까."

보통이라면 이 대책 없는 사내의 말을 믿을리 없었지만, 이령은 그냥 고개를 끄덕였다.

이미 물은 엎질러졌고, 동전은 던져졌다.

낙담하고 있을 때가 아니었다. 무명이란 사내의 오만함에 기대를 걸어볼 수밖에 없었다.

"그 오만함에 어울리는 실력을 갖추고 있길 바랄게."

반쯤 포기한 듯한 이령의 말에 무연이 담담히 말했다.

"아무렴."

쌍룡문주(雙龍門主)

"자?"

작게 문 두들기는 소리와 함께 이령의 목소리가 들려왔
다. 침대에 누워 생각에 잠겨 있던 무명이 몸을 일으켰다.

"아니."

"들어가도 돼?"

늦은 밤, 사내가 홀로 있는 방이었다. 불순한 생각을 가
질 수도 있었지만, 무명은 아무 생각이 없었다.

"마음대로."

드르륵—

오래된 문이 내는 작은 소리와 함께 간편한 복장으로 갈

아입은 이령이 들어왔다. 낯선 남자의 방에 들어오는 것이 쑥스러운지 볼을 살짝 붉힌 상태였다.

"흠, 흠! 다른건 아니고 내일 어떻게 할지에 대해 얘기를 나누려고 온거야. 괜히 내가 다른 의도로 들어왔다는 착각은 하지 않는게… 안 하는구나."

괜스레 느껴지는 민망함에 더듬거리며 변명하던 이령은 무심하기 그지없는 무명의 눈동자에 머리를 살짝 긁적이다 방 한쪽 구석에 놓인 탁자 의자에 앉았다. 이령이 몸을 앞히자 자리에서 일어난 무명이 그녀와 마주 앉았다.

"알고 있듯이 내일 너는 세명의 무인을 상대해야 해. 그년… 아니, 그 여자의 호위 무인뿐만 아니라 쌍룡문의 내로라하는 고수 두명을 더 상대해야 해. 그 요망한 여자가 첫번째 상대로 호위 무인을 내보내진 않을 테니, 너는 고수 두명을 상대한 후 소소량의 호위 무인을 상대해야 해."

무명은 말없이 고개를 끄덕였다.

아무런 걱정도 근심도 느끼지 않는것 같은 무명의 표정과 행동에 이령이 인상을 찡그렸다. 자신은 잠을 이루지 못할 정도로 많은 걱정과 근심을 안고 있는데, 평온한 무명의 모습에 괜한 분함을 느낀 것이다.

"너는 걱정도 안 돼?"

"내가 왜 걱정해야 하지?"

"그야 넌 쌍룡문의 고수 두명과 내 아버지와 엇비슷한 수준의 무공을 지닌 소소량의 호위 무인을 상대해야 해!"

답답하다는 듯 설명하는 이령에 무명은 여전히 모르겠다는 표정으로 말했다.

"쌍룡문의 고수 두명과 호위 무인을 이기면 되는것 아닌가?"

"그래! 근데 그게 매우 힘들다니까!"

"네게 힘든 거겠지. 할 말이 이게 다면 이제 그만 돌아가서 자라."

자리에 일어선 무명이 긴 다리를 휘적이며 침대로 돌아가 몸을 뉘었다. 한가로운 그의 행동에 이령이 가슴을 치며 심호흡을 했다.

어디서 나오는 자신감인지 알 수가 없었다.

물론 무명에게도 이몽우의 주화입마의 진실은 중요했겠지만, 이령에겐 인생이 달려 있는 문제였다. 어쩌면 억울한 이몽우의 진실을 밝혀낼 수도 있었다. 소소량에게 빼앗긴 쌍룡문을 되찾아올 수 있는 마지막 기회였다.

그런데 그 기회가 지금 만난 지 하루도 채 안 된 사내에게 달려 있었다. 불안에 떠는 모습도 보기 싫었겠지만, 아무런 걱정도 없는 듯한 무명의 근거 없는 자신감 또한 이령에게 불안감을 안겨주었다.

드르륵―! 탁!

"휴…… ."

무명의 방을 나온 이령이 작게 한숨을 내쉬었다.

대련 날은 내일이었고, 시간은 빠르게 흐르고 있었다.

무명의 실력을 알 턱이 없으니 불안한 마음은 쉽게 가라
앉지 않았지만 이제 와 다른 방법이 있는 것도 아니었다.
그저 무명이란 남자의 자신감과 오만함을 믿어봐야 했다.

*　*　*

　"그 무명이라는 남자. 실력은 어떤 것 같아?"
　속을 훤히 비추는 하얀 비단옷을 입은 소소량이 침대에
누운 호위 무인의 단단한 가슴에 손을 얹으며 물었다. 호
위 무인이라 불리는 남자가 소소량을 내려다보며 입을 열
었다.
　"파악할 수가 없어."
　"파악할 수가 없다니?!"
　소소량이 짐짓 놀란 듯 눈을 동그랗게 뜨며 호위 무인을
바라봤다.
　"패랑, 당신의 수준을 벗어났다는 거야?"
　소소량의 불안한 외침에 패랑이 고개를 저었다.
　"모르겠어. 이령이 다른 자 없이 그자만 데려온 이유가
있겠지. 내 이목을 속일 만큼 강한 사내일 게 분명해. 그리
고 이령이 당신을 도발했지. 무명이란 자 혼자로도 우릴
상대할 수 있다고."
　"그랬…지!"
　안 그래도 그때 일이 분했던 것인지 소소량이 이불을 물

고 질근질근 씹었다. 소소량의 분노에 패랑이 그녀의 머리를 조심히 쓰다듬었다. 그러자 분이 살짝 풀렸는지, 소소량이 패랑의 몸에 기대며 그의 가슴을 어루만졌다.

"휴… 불안해."

"괜찮아. 안 그래도 본교에서 오신 분이 계시니 걱정할 것 없어."

"그분이 나서 주실까?"

"내 부탁이니 나서주실 거야. 하지만 쉽게 그분을 나서게 할 순 없지."

말을 마친 태랑을 향해 고개를 든 소소량이 붉은 입술을 오물거리며 물었다.

"무슨 방법이라도 있어?"

"태산문의 무인 중 이규태라는 자가 있지?"

"음. 아, 맞아. 이몽우의 동생이잖아. 무공 실력도 꽤 출중한 걸로 알고 있는데."

"그자를 선봉으로 세워."

태랑의 말에 소소량이 걱정스러운 얼굴로 물었다.

"하지만 이규태는 이몽우의 동생이야. 이몽우의 딸을 상대로 제대로 싸워줄까?"

"잊었나? 이규태가 이몽우에게 무슨 짓을 했는지?"

"아아. 그랬지……."

눈웃음을 치며 소소량이 태랑을 향해 은근한 눈빛을 보냈다. 그녀의 야릇한 눈빛에 태랑이 조용히 소소량을 품에 안으며 불을 껐다.

* * *

"흐으……."

눈 밑이 거무튀튀하게 변한 이령이 눈을 부비며 앞에 선 무명을 향해 손을 들어보였다.

"잘 잤어? 아니, 물어볼 필요도 없이 숙면을 취한 얼굴이네."

"너는 뜬눈으로 밤을 새운 얼굴이군."

"정확해."

정답이라는 듯 검지를 세우며 고개를 끄덕인 이령이 무명을 향해 홱— 돌아보며 눈을 부라렸다. 하지만 무명은 이마저도 관심 없는 듯 이령을 스쳐 지나가며 말했다.

"그래서 대련은 정오라고?"

"응. 쌍룡문의 대연무장에서 이루어질 거야."

"그렇군."

이제는 무관심과 무시에 익숙해진 이령이 무명과 나란히 걸으며 눈 아래를 양손 검지를 들어 꾹꾹 눌렀다.

"하. 이러면 내가 불안해 한다는게 티날 텐데."

"그러니까 쓸데없는 걱정을 하지 말았어야지."

"당신이야 쓸데없다고 생각하겠지. 하지만 내겐 인생이 달린 문제야. 가문이 달렸다고."

여전히 이령의 대꾸에는 관심도 가지지 않는 무명이 주변을 둘러보았다. 태산문과 요령문이 합쳐져 만들어진 문파가 바로 쌍룡문이었고, 칠할은 태산문의 것이다.

헌데 태산문주였던 이몽우의 딸인 이령이 사년만에 돌아왔음에도, 누구 하나 얼굴을 비추지 않았다. 첫날 본 유소라는 여인만 간간히 얼굴을 비출 뿐이었다.

"이상하군. 제아무리 쌍룡문의 문주가 소소량이 되었다고 해도 태산문 출신의 사람들이 있을 텐데, 유소라는 여인 말고는 코빼기도 비추지 않는군. 그래도 전 문주의 딸인데 말이야."

"흥! 기대도 하지 않았어. 태산문 자체가 가족으로 이루어진 문파가 아니라 산동의 여러 무인들을 포섭해 만든 문파였어. 역사가 깊지 않으니 어느 쪽으로 붙어야 이득인지 잘 알고 있는 거지. 태산문이었을 땐 아버지의 줄에 서야 했지만, 쌍룡문이 되어서는 소소량의 뒤를 따라야 한다고 생각한 거지."

이제는 체념한 듯 소소량이 휑한 주변을 돌아보았다.

그녀의 말대로 태산문의 무인들은 이령에게 관심을 두지 않았다. 아니, 둘 수가 없었다. 현 쌍룡문의 문주가 요령문의 소소량이었으니.

"그나저나 뭐 준비할 건 없어? 검이라든지, 도라든지……."

"둘 다 필요 없어. 난 맨손으로 싸우니까."

이령이 시선을 돌려 무명의 손을 바라봤다. 굵고 커다랗고, 우직한 손이었다. 길쭉한 다리만큼 길쭉한 손가락.

"권사야?"

"뭐, 그렇게 볼 수 있지."

담담하게 말하는 무연을 잠시 바라보던 이령은 대련이 이루어지는 대연무장을 바라보았다. 빨리 뛰는 가슴을 손으로 가볍게 두드리며 진정시켰다. 어떤 식으로든 사년간의 고통과 외로움이 종결될 것이다.

쌍룡문을 되찾거나 아니면 또다시 쌍룡문에서 쫓겨나 영원히 돌아오지 못하게 될 것이다.

간단하게 아침을 해결한 무명은 이령의 도움으로 쌍룡문 내에 존재하는 세개의 소연무장 중 한곳으로 향했다.

도착한 소연무장은 말 그대로 상당히 작은 원형의 공터로 마련된 곳이다. 한두사람 정도가 무예를 단련했다.

드넓은 공터가 필요했던 게 아니었으니, 무명은 소연무장의 중심에 서서 조용히 눈을 감았다. 무명이 연무장을 찾아오자 호기심이 동한 이령이 따라왔다.

한번도 무명의 무공을 견식해본 적이 없었는데, 이번 기회에 수준을 알 수 있을 거란 생각에서였다.

무명이 믿기지 않을 만큼 놀라운 무위를 보여줄지도 모른다는 막연한 기대와 함께였다. 하지만 이령은 약 한시진 동안 가만히 서 있기만 하는 무명을 보다 지쳐 구석에 주저앉았다. 멍하니 무명을 바라봤다.

이따금씩 몇명의 쌍룡문 무인들이 찾아와 무명을 구경하고 갔다. 무명이 아무것도 하지 않자 흥미를 잃은 듯 금방 모습을 감췄다.

"여기 있었니?"

"아, 유소 언니."

과거 이령이 좋아했던 다과를 작은 나무쟁반에 담아서 나타난 유소가 옆에 앉았다. 유소는 가만히 서 있는 무명을 보며 궁금한 듯 이령을 향해 물었다.

"무슨 일 있는 거니?"

무명이 가만히 서 있는 것에 대해 묻는 유소의 말에 이령이 작은 한숨과 함께 고개를 좌우로 저었다.

"아뇨. 그냥 연무장을 찾기에 무공 수준이라도 볼 수 있을까 해서 왔는데 한시진째 저러고 가만히 있어요."

꼼짝 않는 무명에게 불안함을 느끼는 듯한 이령에 유소가 손을 들어 어깨를 살짝 감싸주었다.

"괜찮을 거야. 무명 소협도 다 생각이 있을 테니."

"제발 그랬으면 좋겠어요. 만약 그 사기꾼 새끼처럼 내게 사기 치는 것만 아니었으면……."

말을 마친 이령이 더욱 불안해진 눈으로 무명을 바라봤다. 생각해보니 저자가 구해주려는 남자는 이몽우에게 독초를 건넨 사기꾼이었다. 사기꾼을 지인으로 두고 있다는 사실이 이령을 더욱 불안하게 만들었다. 이령의 불안함이 점점 더 고조될 무렵 드디어 무명이 눈을 떴다.

'삼할, 역시 그 이상 늘어나지 않는다. 무슨 이유가 있는 걸까?'

눈을 뜬 무명이 손을 펼치며 손바닥을 내려다보았다.

처음 눈을 떴을 때, 내력의 칠할이 소실된 것을 눈치 챘다. 기연을 얻은 것처럼 보였지만, 정작 가장 중요한 힘은 반 이상 잘려나갔다. 잘려나간 힘은 회복되지 않았고, 아무리 노력해도 삼할 이상의 내력이 모이지 않았다.

지금까지 싸워왔던 강적들인 팽우양과 장대웅을 만난 무명, 아니 무연은 그들을 죽이려 했다. 단 한번도 망설인 적 없었으며, 기회가 되면 목숨을 취하려 했다.

그러나 그러지 못했다. 그들이 강해서였을까?

맞다. 그들은 강했다.

팽우양은 오대세가의 한곳인 하북팽가의 가주였다. 장대웅은 마교의 호법들을 상대로 엄청난 무위를 보였던 혈교의 고수였다. 그들의 힘은 중원에서도 손에 꼽을 정도였다. 하지만 원래의 무연이었다면 그들은 모두 무연의 손에 죽었을 것이다.

그게 무신(武神)이었고, 신(神)이라 불리는 자였다.

'도리어 내가 위험했다.'

팽우양 때도 그랬고, 장대웅 때도 그랬다. 비록 삼할밖에 남지 않았지만 무공의 수준은 그대로였으니, 그들을 상대할 수 있었다. 하지만 내력은 금방 소모되었다.

큰 힘을 사용치 못하고 내력을 조절해야 했기에 담겨진

힘들이 미약할 수밖에 없었다. 상대한 자들에 비해 내력의 소모는 빨랐고, 가진 내력의 양도 적었다.

지금의 무연은 과거의 무연보다 나약하기 그지없었다.

펼친 양손을 굳게 말아쥐며 무명이 신형을 돌렸다.

약속된 시간이 다가오고 있었다. 그의 뒤로 이령과 유소가 빠르게 따라붙었다.

"허허. 이령이 다시 돌아왔단 말인가?"

"그렇다는군. 이번엔 젊은 무인을 한명 데려왔다는군 그래. 그자만 있으면 된다며……."

"겁이 없는 건지 미련한 건지 알 수가 없군."

삼삼오오 모여든 장로들이 지정된 귀빈석에 모두 착석했다. 뒤이어 소소량과 패랑, 이규태와 검은 용포를 입은 중년의 남성이 들어섰다.

"오셨습니까?"

소소량이 나타나자 장로들이 자리에서 일어나 공손히 인사를 올렸다. 소소량은 말없이 고개를 까딱였다.

"이령은 아직 안 왔나보군요?"

소소량이 주변을 둘러보며 묻자 장로 중 한명이 대답했다.

"네. 아직 이령과 그 무인이란 자의 모습은 보이지 않습니다."

"흠. 그 계집이 도망을 간건 아닐 테고……."

시간이 되어도 나타나지 않는 이령을 보며 소소량이 고운 아미를 찡그렸다.

"이거 놔! 가야 한다고!"

한편, 그 시각. 소소량이 고운 아미를 찡그리며 찾던 이령은 무명이란 가명을 쓴 무연과 대치 중이었다.

무연이 앞을 가로막고, 이령이 눈물이 그렁그렁 맺힌 채로 서 있었다. 그녀의 뒤에서 유소가 이령의 왼손을 잡고 있었다.

"이제 곧 정오다. 이제 와서 포기하려는 거냐?"

"지금 그게 중요해?! 양 할아버지가… 할아버지가 위독하시다잖아!"

"네가 여기서 포기하면 넌 다시는 쌍룡문에 돌아오지 못해. 그리고 나는 다시 널 도울 생각도, 시간도 없어."

냉담하고 무심하기 그지없는 무연의 말에 이령의 눈에서 눈물이 흘러내렸다. 붉게 충혈된 눈으로 무연을 노려보던 이령이 그의 어깨를 밀쳤다.

"상관없어. 난… 할아버지를 봐야겠어."

무연을 밀치고 생긴 공간으로 빠져나간 이령이 빠르게 양 노인이 누워 있다는 곳을 향했다. 유소가 걱정스러운 눈으로 무연을 바라보다 부리나케 이령을 쫓았다. 멀어져 가는 이령을 보던 무연의 시선이 대연무장으로 향했다.

그는 고민했다.

이대로 대연무장에 있는 소소량을 납치해서 이몽우의 주화입마에 대한 사실을 알아낼까. 아니면 대련을 할까.

잠시 고민하던 무연이 긴 다리를 휘적이며 대연무장을 향해 걸었다.

"저기 옵니다!"

누군가의 외침에 소소량이 고개를 돌리자 이령 없이 홀로 나타난 무연이 대연무장에 올라섰다.

"이령은?!"

소소량의 외침에 무연이 고개를 저었다.

"볼일이 있어 갔다. 이곳은 내게 맡기고."

"네게 맡겼다고? 하?!"

들리는 믿기지 않는 무연의 말에 소소량이 기가 막힌 듯 코웃음을 쳤다. 달랑 무연을 혼자 보낸 이령의 태도가 뻔뻔하기도 하고, 괘씸하기도 했다. 그때 무연의 굵은 목소리가 소소량의 귓가에 들려왔다.

"시작하지. 대련이든, 도전이든, 어찌되었든 내가 세 명을 이기면 이령의 승리 아닌가?"

당당한 무연의 말에 소소량이 인상을 찡그렸다. 이령도 그렇고 무명이라는 자도 그렇고 너무 뻔뻔했기 때문이다.

"그래! 시작하지! 하지만 그건 알아둬야 할거야. 네놈이 단 한번이라도 패배하면……."

"알고 있으니 시작하지."

소소량의 말을 끊은 무연이 연무장의 외곽으로 신형을 움직였다. 분노한 소소량이 당장에라도 무명을 때려잡으려는 듯 두팔을 부르르 떨었다. 옆에 있던 패랑이 소소량을 진정시켰다.

"그만. 흥분하지 마. 지나친 흥분은 눈앞을 흐리게 한다."

"휴. 알았어……."

흥분을 가라앉힌 소소량이 이규태를 바라봤다.

이 상황이 몹시 못마땅한 이규태였지만, 소소량의 눈빛을 감히 피하진 못했다.

"그래. 내가 선봉에 서지."

선봉으로 나선 이규태가 뚜벅뚜벅 걸으며 연무장에 올랐다. 그 역시 도를 사용했다. 연무장에 올라선 후 도집에서 도를 빠르게 뽑아내며 귀찮다는 듯 무연을 바라보았다.

"오래 싸우고 싶은 마음은 없다. 애초에 여기 선것도 쪽팔린데."

쪽팔린다는 말을 작게 중얼거린 이규태가 슬쩍 소소량을 노려봤다.

그 모습에 흥미가 동한 무연이 그를 향해 물었다.

"소소량의 개 치고는 꽤나 반항적인 모습이군."

"뭐? 누가 누구의 개라는 거냐?!"

"아닌가?"

무연의 비아냥에 이규태가 이를 갈며 도를 쥔 손에 힘을

주었다.

"나는 이몽우의 동생 이규태다… 나는 본래 쌍룡문의 문주가 되어야 하는 몸이야."

"이몽우의 동생이면 태산문의 무인인데, 요령문이었던 소소량을 위해 싸워주는 것을 보니 그녀의 개가 맞군. 왜지? 너도 이몽우의 주화입마에 개입했나?"

무연의 물음에 이규태가 눈을 동그랗게 뜨며 몸을 부르르 떨었다. 그 모습에 무연이 눈을 빛냈다. 이규태가 도를 치켜들며 버럭 외쳤다.

"이놈이 못하는 소리가 없구나. 당장 네놈의 혀를 잘라 내야겠다!"

"정곡을 찌른 모양이군."

말을 마친 무연이 씨익― 미소지었다.

"이놈!"

이규태가 몸을 날려 도를 수직으로 세웠다. 곧 그의 도에서 노란빛을 띄는 도기가 피어올랐다. 이규태는 무연의 앞에 비호같이 날아들어 빠르게 도를 내리찍었다. 실제로 날카롭게 날이 선 도였다. 내력을 잔뜩 끌어올렸기에 그가 들고 있는 도에선 날카로운 도기가 피어올랐다.

대련이라 하기엔 너무도 진지한 공격이었다. 마치 생사대적을 눈앞에 둔 것처럼.

캉―!

연무장의 바닥이 쩌적 갈라졌다. 이규태의 도가 바닥을

내려 벤 것이다. 그곳에 서 있던 무연은 어느새 신형을 돌려 이규태의 도를 가볍게 피해낸 후 왼발을 치켜세웠다. 반원을 그리며 유려하게 뻗어 올라간 무연의 왼발이 이규태의 정수리를 향해 내리 찍혔다.

'하! 멍청한! 맨발로 도를 든 내게!'

이규태는 승리를 확신하며 사선으로 도를 올려 벴다.

내력을 잔뜩 불어넣어 매섭게 피어오른 도기가 무연의 발목을 잘라낼 것을 믿어 의심치 않으며.

쿵—!

쩌저적—!

챙그랑—

쇳소리를 내며 이규태의 도가 볼썽사납게 바닥을 뒹굴었다. 쩌적 소리와 함께 이규태의 얼굴이 바닥에 처박혔다. 바닥이 금이 갈 정도로 강한 충격에 이규태가 눈을 까뒤집고 입에서 피거품을 흘렸다.

"으…어…억."

이규태가 쓰러지고 무연이 서자, 모두가 놀란 눈으로 무연을 바라봤다. 특히 소소량은 원래도 큰눈을 더 이상 커질 수 없을 정도로 크게 뜨며 무연을 바라봤다.

"패, 패랑. 방금?!"

소소량도 무인인지라 범인보다 뛰어난 동체 시력을 가지고 있었다. 무연의 무위를 가까스로 지켜볼 수 있었다. 반원을 그리며 올라간 무연의 왼발은 빠르게 이규태를 향해

내려왔다. 하지만 그 속도는 이규태가 반응하지 못할 만큼 빠르지 않았다. 이규태 역시 재빨리 반응하여 내력을 담은 도를 휘둘렀다.

그러나 곧 믿기지 않는 일이 벌어졌다.

빠르게 내려오던 무연의 다리가 일순 사라진 것이다.

이규태의 신형이 눈 깜짝할 사이에 쩌저적— 하는 소리와 함께 바닥에 처박혔다. 무연의 다리를 베려 사선으로 올리던 도는 볼썽사납게 바닥을 뒹굴었다.

놀란 것은 비단 소소량뿐만이 아닌지 장로들과 구경 온 쌍룡문의 사람들도 커진 눈으로 무연을 바라봤다.

이규태, 무공실력은 출중했으나 형이었던 이몽우보다 부족해 항상 태산문의 2인자로써 그 자리를 억지로 지키던 자였다. 그것은 선풍패도라 불리던 이몽우가 상대였을 때뿐, 이규태의 무공 수준은 결코 낮지 않았다.

그런 이규태가 무명이 펼친 단 한번의 공격으로 눈을 까뒤집고 쓰러진 것이다.

"다음."

무심한 무연의 말이 적막이 흐르는 대연무장을 울렸다.

자신을 바라보는 무명의 심연을 담은 듯한 눈에 몸을 부르르 떤 소소량이 패랑을 바라보았다. 패랑이 자리에 일어섰다.

"다녀오겠습니다."

패랑이 검은 용포를 입은 중년의 남자에게 정중히 고개

를 숙이며 말했다. 검은 용포의 남자가 자리에 일어서며 패랑을 도로 자리에 앉혔다.

"아니. 내가 가지."

"하지만……."

패랑의 말에 남자가 고개를 저으며, 살짝 흥분된 눈으로 무연을 내려다보았다.

"저건 내가 취한다."

"알겠…습니다."

흥분한 남자의 목소리에 패랑이 할 수 없이 고개를 끄덕였다. 곧 검은 용포의 남자가 무연이 서 있는 연무장 위에 올라섰다.

"후후. 자네의 피는 왠지 누구의 피보다 달콤할 것 같군."

살벌하면서도 끈적한 그의 말에 무연이 엄지손톱을 이용해 손바닥에 상처를 낸 후 붉게 맺힌 핏방울을 검은 용포의 남자에게 보였다.

"이거 말인가?"

옅은 미소와 함께 손바닥을 들어보이는 무연의 모습에 검은 용포의 남자가 얼굴에서 웃음기를 지웠다.

"죽고 싶은가보구나."

"닥치고, 덤벼."

우드득─!

기괴한 소리를 내며 손가락을 펼친 검은 용포의 남자가

무연을 향해 몸을 던졌다.

* * *

광암과 제갈윤은 묵묵히 자료들을 살펴보는 한소진을 보았다가 서로를 향해 고개를 돌렸다.

"쟤는 왜 온거지?"

"무연의 부탁으로 온것 아닙니까?"

제갈윤의 말에 광암이 어색한 얼굴로 한소진을 보았다.

어느 날 한소진이 불쑥 찾아와 정사대전에 대한 자료를 보고 싶다고 대뜸 광암과 제갈윤이 모아 두었던 자료를 살피기 시작했다.

워낙 오랜 싸움이었고, 거대한 규모였기에 자료는 상당히 방대했다. 한소진은 매일같이 이곳으로 찾아와 자료를 살펴보았다.

"뭐, 알아낸 거라도 있는 게냐?"

광암이 뭔가를 물어보면 한소진은 항상 고개를 저으며 다른 말없이 자료를 살폈다.

말이 짧은 한소진의 행동에 평소의 광암이라면 호통을 쳤겠지만, 그녀에겐 왠지 뭐라 할 수가 없었다.

한소진에게서 풍기는 분위기 때문이다.

여타 다른 젊은 무인들에게서는 느낄 수 없는 묘한 분위기가 한소진을 다그칠 수 없게 만들었다.

또한 요즘 용천 단원에게서 들려오는 말에 의하면 무연과 한소진이 애틋한 관계라고 했다. 그래서일까, 유독 한소진의 앞에 서면 작아지는 광암이었다.

며칠간 말없이 자료를 살피는 한소진에게 제갈윤이 다가갔다.

"네게 이런 말을 하는 것이 옳은지는 모르겠으나, 대부분의 자료는 개방도의 증언에 의해 쓰였단다. 그때 당시 제갈세가는 전쟁의 승리를 위한 전략에 온 힘을 다하고 있었기에 제대로 역사를 기록하거나 정보를 모을 시간이 없었지."

제갈윤을 향해 한소진이 고개를 들었다.

표정이 거의 없는 무표정한 한소진을 마주한 제갈윤이 어색한 미소를 지었다.

"알겠습니다."

오랜만에 듣는 한소진의 목소리에 제갈윤이 어색한 미소를 남기며 조용히 자리를 떴다. 제갈윤이 자리를 떠난 후 홀로 남은 한소진이 자료를 보며 작게 인상을 찌푸렸다.

'내가 봤던 마교의 자료와 다른 부분이 많다. 역시 개방이 혈교와 연관이 있는 건가. 이십년 전부터? 아니면 그보다 훨씬?'

자료들을 내려놓은 한소진이 고개를 돌렸다.

현재 가장 믿을 만한 개방도가 필요했다. 그리고 그 자는 그녀도 잘 알고 있었다. 자리를 박차고 일어선 한소진이

빠르게 무림맹 개방 지부로 향했다.

*　*　*

콰—가강!

공중제비를 돌며 뒤로 물러선 무연이 빠르게 정면을 응시했다.

쉬익—! 쾅!

방금까지만 해도 자리에 서 있었던 무연의 신형이 흐릿해지며 사라졌다. 무연을 향해 날아갔던 검은색의 쇠사슬이 애꿎은 연무장 바닥을 터트린 후 촤르륵— 쇳소리를 내며 검은 용포의 남자에게 돌아갔다.

그는 두팔 아래로 두개의 쇠사슬을 지니고 있었다. 품에서 빠져나온 쇠사슬은 그 길이를 가늠하기 힘들었다.

"도망치는 재주 하나는 일품이구나."

신형을 돌리며 도망친 무연을 향해 남자가 비아냥댔다.

하지만 무연의 표정에 아무런 변화도 없자 검은 용포의 남자가 고개를 저었다.

"재미없는 놈이군. 내 이름은 무곽이다. 네놈 이름은 무명이라지?"

자리에 서서 무곽을 바라보던 무연이 말없이 고개를 끄덕였다.

"본신에 지닌 힘이 보통이 아닐 텐데, 왜 도망만 가는 게냐? 나와 대적하는 것이 두려우냐?”

 “사슬을 이용해 싸우는 자가 있었지.”

 “그런데?”

 “왜, 네가 이곳에 있는지 모르겠군. 산동에 위치한 변방
의 문파와…….”

 마지막 말은 입모양으로만 전한 무연에 무곽이 눈을 부
릅떴다. 무곽의 신형에서 거대한 기운이 뿜어져 나오며 대
연무장을 뒤덮었다.

 “커허윽!”

 “흐윽……!”

 무공의 수준이 낮거나 무공을 배우지 않은 자들은 숨이
턱 막혀 숨을 헐떡였다. 일정 수준의 무인들만 간신히 대
연무장의 무곽과 무연을 똑바로 바라볼 수 있었다.

 그들도 거대한 무곽의 존재감과 기운에 고통스러운 듯
인상을 찡그렸다.

 촤르르륵!!

 몸을 날린 무곽이 두팔을 빠르게 앞으로 내질렀다.

 양팔에서 두개씩 뻗어나온 묵철로 제련된 쇠사슬 네개가
번개같은 속도로 무연을 향해 쏘아져 왔다.

 강한 내력을 머금은 네개의 사슬을 보며 무연이 신형을
튕겼다. 몸을 빠르게 회전시킨 무연의 오른발이 반월을 그
리며 쇠사슬을 발로 찼다.

 카앙!!

네개의 검은 쇠사슬이 사방으로 튕겨 나갔다. 그 모습을 본 무곽이 얼굴을 굳히며 신형을 회전시켰다.

튕겨 나갔던 네개의 쇠사슬이 빠르게 무곽에게 회수되었다. 회전하는 그의 용포 속에 다섯 다발의 쇠사슬이 쏘아져 나왔다. 검은 기운을 머금은 쇠사슬을 보며 무연이 몸을 뒤로 튕겼다.

쾅—! 쾅! 쾅!

세개의 쇠사슬이 바닥을 찍었다.

바닥이 쩌적 갈라지며 금이 갔다. 바닥을 쳐댄 쇠사슬은 튕겨 오르며 뱀과 같은 움직임으로 무연을 노렸다. 나머지 두개의 쇠사슬은 무명의 왼쪽과 오른쪽을 점하고 쏘아져 왔다.

"후우……."

작게 심호흡한 무연이 몸을 앞으로 튕겼다.

옅은 회색빛의 기운이 무연의 두손에 깃들었다.

쾅!

첫번째 쇠사슬이 무연의 주먹에 맞아 바닥에 강하게 처박혀 꽂혔다.

카앙!

두번째 쇠사슬이 무연의 무릎에 맞아 허공으로 치솟았다. 바닥에서 쏘아져오는 쇠사슬을 발로 내려치며 몸을 튕긴 무연. 허공에서 신형을 한바퀴 돌리며 나머지 두개의 쇠사슬을 쳐냈다. 순식간에 다섯개의 쇠사슬을 모두 쳐낸 무연이 바닥에 내려서는 순간 발끝에 힘을 집중시켰다.

꽈강—!

바닥이 터져나가며 무연의 신형이 일순 사라졌다.

순식간에 모습을 감춘 무연을 눈으로 쫓던 무곽의 고개가 빠르게 하늘을 바라봤다. 하늘로 치솟은 무연이 반원을 그리며 무곽의 머리를 노리고 뒤꿈치를 내리찍었다.

"흐읍!"

쇠사슬을 빠르게 회수한 무곽이 여러 다발의 쇠사슬을 휘둘러 머리 위에 거대한 사슬 원반을 만들어냈다.

묵기를 띤 사슬 원반과 무연의 오른발이 맞부딪쳤다.

꽈앙!!

"큭!"

무연과 맞부딪친 무곽이 바닥에 무릎을 꿇었다.

무곽이 선 연무장의 바닥이 움푹 꺼지며 금이 갔다.

바닥에 처박힌 무릎을 내려다보던 무곽이 입술을 잘근 깨물었다.

'저놈의 수준이 보통이 아니다!'

입술 사이를 비집고 새어나오려는 피를 억지로 집어삼킨 무곽이 무릎을 펴며 일어섰다. 일순간 연무장을 가득 메우는 무곽의 범상치 않은 기운에 무연이 뒤로 물러섰다. 고개를 든 무곽이 온 내력을 사슬에 집중했다. 그리고는 뒤로 물러서는 무연을 향해 두팔을 뻗었다.

'구련마쇄(九聯魔鎖) 추살(錐殺).'

여덟 다발의 쇠사슬이 무곽의 양팔에서 쏘아져 나갔다.

날아간 여덟개의 사슬이 한데 뭉쳐지며 송곳의 모양으로 변해 무연의 가슴을 노리고 찔러 들어갔다.

정면으로 사슬 송곳을 바라보던 무연이 자세를 낮추며 신형을 돌린 후 오른 주먹에 힘을 주었다.

옅은 회색빛의 기운이 무연의 오른 주먹에서 회전했다.

바로 앞으로 다가온 사슬 송곳을 향해 무연이 주먹을 내질렀다.

그 순간, 이때를 노리던 무곽이 두팔을 빠르고 강하게 휘젓자 사슬 송곳이 사방으로 흩어졌다.

목표를 잃은 무연의 주먹이 허무히 허공을 때렸다. 흩어진 여덟 다발의 쇠사슬이 회전하며 무연을 감쌌다.

이를 본 무곽이 두 손으로 쇠사슬을 잡아당겼다.

촤악!

여덟 다발의 쇠사슬이 서로를 엉키며 무연을 포박하기 시작했다. 순식간에 펼쳐진 쇠사슬이 무연의 몸을 포박하자 그가 몸을 튕기며 하나의 사슬을 더 꺼내 무연을 향해 휘둘렀다. 수직으로 내리 찍히며 머리를 향해 거세게 날아드는 묵색의 쇠사슬을 무심히 바라보던 무연이 양팔에 힘을 주었다.

"흡!"

우드드득! 카앙!

"미, 미친!"

놀란 무곽이 눈을 부릅떴다. 묵철로 제련한 쇠사슬이었다. 내력에 대한 내성도 강했고, 강도는 일반 철과는 비교도 할 수 없을 만큼 강했다.

그러나 힘을 쓸 수 없을 거라 생각했던 무연의 손에 의해 무곽의 묵철 사슬이 처참하게 부서지고 말았다.

상상도 해본 적 없는 믿기지 않는 광경에 무곽이 멍하니 무연을 바라봤다. 자신의 머리 위로 내리찍혀 오는 쇠사슬을 맨손으로 잡아낸 무연이 무곽을 무심히 응시하다 쇠사슬을 강하게 잡아당겼다.

"끅!"

무연의 엄청난 힘에 끌린 무곽이 허공을 날았다.

설마 묵철로 만든 쇠사슬이 박살날 줄은 상상도 하지 않았던 무곽은 별다른 반항도 하지 못하고 무연에게 끌려갔다. 이를 보던 패랑이 빠르게 몸을 날렸다.

"패, 패랑?!"

패랑의 돌발 행동에 소소량이 놀라 외쳤지만, 이미 그는 자리를 박차고 날아올라 무연을 향해 검을 뽑아냈다.

"이 자식!"

검붉은 검기가 패랑의 검에서 무연을 향해 쏘아져 나갔다. 무곽을 끌어당긴 무연이 날아든 패랑의 공격에 맞춰 왼팔을 허공에 휘둘렀다.

팡!

콰아—!

패랑이 날린 검붉은 검기가 허공에 터져나갔다.

무연의 권기가 패랑의 검기를 찢어발겼다. 그후 허공에 날아든 패랑을 향해 쏘아져 갔다. 검기를 찢으며 날아든 무연의 권기에 패랑이 급히 검을 들어 막았다.

쾅―!

날아든 속도보다 빠르게 뒤로 날아간 패랑은 겨우 신형을 다잡으며 제자리에 멈춰 섰다.

"큭!"

바닥에 쓰러진 패랑이 저릿저릿한 손을 들어보았다. 검의 손잡이엔 피가 잔뜩 묻어 있었다.

권강도 아니었고, 직접 맞은 것도 아니었다.

단지 가볍게 날린 권기에 손바닥이 찢어진 것이다.

'패랑을 저리 쉽게?!'

패랑이 허무히 날아가 처박히자 무곽이 아홉번째 사슬을 끊어내며 무연을 향해 품에서 두개의 비수를 꺼내 날렸다. 빠르게 날아오는 비수를 발견한 무연이 허공에 손을 휘저었다. 그러자 날아가던 두개의 비수가 무연의 손에 빨려들어갔다. 어차피 소용없을 거란걸 잘 알았지만, 너무도 쉽게 잡힌 개의 비수를 보며 무곽이 인상을 찡그렸다가 이내 미소를 지었다.

"맨손으로 비수를 잡은 게냐?"

미소를 지으며 이죽거리는 무곽의 말에 무연이 말없이 비수를 바라봤다. 비수의 날에는 초록빛의 액체가 묻어 있었다. 언뜻 보아도 독인 걸 알 수 있었다.

"피부에 닿으면 마비가 오는 마비독이지. 범도 마비시킬 수 있는 독이다."

과연 무곽의 말대로 무연은 손이 저릿해옴이 느껴졌다.

하지만 무연의 표정은 여전히 담담했다. 여유로운 무연의 모습에 무곽이 외쳤다.

"언제까지 그리 여유로울 수 있는지 보……."

"두가지 아쉬운 점이 있군."

"뭐?"

"나는 이런 독에 별 영향을 받지 않아, 또한……."

콰득―!

무연의 손에 들린 두개의 비수가 두 동강나며 바닥에 떨어졌다.

"설사 독에 의해 한팔이 마비가 되었어도 난 한손만으로도 널 죽일 수 있어."

"이 개자식이!"

무연에게 모욕당했다고 느낀 무곽이 온 내력을 끌어올렸다. 실력으로나 수준으로나 무연을 이길 수 없다는 것을 무곽은 알고 있었다.

그는 강했다. 보통 실력이 아닌 패랑을 손쉽게 날려버렸다. 묵철로 만든 쇠사슬을 썩은 동아줄처럼 끊어냈다.

전력을 다한 자신의 공격을 가볍게 쳐냈고, 독도 통하지 않았다.

이길 수 없음을 알았지만 그럼에도 물러서진 않았다.

"널 내 손으로 반드시 죽여주마!"

그럴 순 없을 거라 알고 있었지만 그는 물러섬이 없었다. 오히려 광포한 기운을 끌어올리며 날아올라 무연을 향해 쇠사슬을 던졌다. 묵철로 만든 끊어진 쇠사슬이 무연의 팔방위를 점하며 쏘아져 나갔다.

쾅—!

왼발을 바닥에 강하게 찍은 무연이 신형을 빠르게 회전시키며 오른 주먹을 내질렀다. 오른 주먹에 실린 옅은 회색빛의 기운이 회오리치며 무곽을 향해 날아갔다.

쾌가가가각!!

"쿨럭!"

검은 용포는 찢겨나갔고, 피투성이인 무곽의 신형이 온전히 드러났다. 그의 몸을 감싸고 있던 쇠사슬은 조각나 사방에 흩어져 있었다. 피를 토해낸 무곽이 천천히 고개를 들어 올렸다. 푸른 하늘 아래로 무연이 섰다.

"네놈…은 대체 누구기에……."

오랜 세월을 살았지만, 무연만 한 자를 본 적이 없었다. 약관을 넘긴 지 얼마 되지 않은 듯 어려 보이는 얼굴. 기껏해야 이십대 초반으로 보이는 무연이 육십 평생을 무인으로 살아온 자신을 이리도 쉽게 이겼다는 사실이 믿기지 않았다.

"알 것 없다."

말을 마친 무연이 재빠르게 신형을 돌렸다.

팁!

뚝— 뚝!

붉은 피가 검을 타고 연무장 아래로 떨어졌다.

"하악… 하악!"

거친 숨을 토해내는 패랑이 부릅뜬 눈으로 무연을 바라봤다. 손에 쥔 검에서 피가 흐르고 있었다.

검의 끝은 무연의 가슴 바로 앞에 멈추어 있었다.

검을 맨손으로 쥔 무연이 무심한 눈으로 패랑을 바라봤다.

"미친… 새끼."

분명히 패랑의 공격은 은밀했으며 빨랐고, 바람을 가르는 소리 따윈 존재하지 않았다.

온 내력을 검 끝에 집중했고, 찌르는 속도는 자신이 검을 쥔 이래로 가장 빨랐다고 자부할 수 있었다. 그러나 무연은 마치 애초에 자신을 보고 있었던 것처럼 빠르게 반응하며, 패랑이 먼저 찌른 검을 맨손으로 잡았다.

맨손으로 잡힌 검은 단단한 돌에 깊숙이 처박힌 듯 꼼짝도 하지 않았다.

"네가 다음인가?"

기습 공격에 대한 비겁함을 욕할 줄 알았던 무연이 패랑을 향해 다음 상대냐 물었다.

"하하하!"

대뜸 무연의 뒤에 주저앉아 있었던 무곽이 호방하게 웃었다. 그는 재미있는 구경이라도 한 듯 무연과 패랑을 보며 거침없이 웃기 시작했다.

"하하하!! 다음이냐고?! 그게 할 소리인가? 자넬 죽이려고 한 상대에게?"

정말 궁금한 듯 무곽이 물었다. 하지만 무연은 아무 대답 없이 바라봤다. 패랑이 검에 쥔 손에 힘을 풀었다.

"아니, 내가 졌다."

기운을 풀며 말하는 패랑의 모습에 무연이 검을 손에서 놓았다. 패랑이 패배를 선언하자 무연이 신형을 돌려 소소량을 바라봤다. 아직까지도 정신을 제대로 차리지 못한 소소량이 멍한 표정으로 무연을 바라봤다.

"네가 세운 대표 무인 세명이 모두 졌다. 그럼 이령의 승리인가?"

무연의 물음에 이령이 아무 대답도 못했다. 무연이 고개를 돌려 장로들을 바라봤다. 눈빛을 마주한 장로들 역시 움찔하며 대답하지 못하자 무연이 다시 입을 열었다.

"난, 같은 말을 두번 하는걸 싫어해."

"자, 자네가 아니 이, 이령의 승리네!"

무연과 정면으로 마주한 장로가 소스라치게 놀라며 이령의 승리를 인정했다. 이령의 승리를 확인한 무연이 신형을 돌려 대연무장을 조용히 빠져나갔다.

무연이 떠난 대연무장에는 오직 침묵만 존재했다.

＊　＊　＊

"진짜! 돌아가시는 줄 알았어요!"

품에서 눈물을 흘리는 이령을 보며 양 노인이 그녀의 머리를 주름진 손으로 쓰다듬었다.

"미안하구나. 하지만 어찌 내가 너를 두고 가겠느냐."

"다행이에요……."

양 노인의 병세가 깊어져 곧 절명할 거란 소식에 이령은 모든 것을 내팽개치고 달려왔다.

쌍룡문 역시 이령에게 중요했다. 아버지인 이몽우도 중요했지만, 양 노인은 이령에게 매우 특별한 존재였다.

어린 나이에 어머니를 여읜 이령을 바쁜 이몽우 대신 길러주고 보살펴준 자가 바로 양 노인이었다. 쫓겨난 이령을 위해 물심양면으로 도와준 이도 양 노인이었다.

"그래. 어떻게 돌아온 것이냐?"

귓가에 들려오는 양 노인의 물음에 이령이 고개를 빠르게 치켜들었다. 양 노인의 병세가 좋아짐을 알고 나니 문득 무연이 생각난 것이다.

"그, 그게… 자, 잠시만요! 금방 다시 돌아올게요!"

이령이 양 노인의 방을 박차고 나와 달리기 시작했다.

정오가 훨씬 지난지 오래였다. 이미 도전은 물거품이 되었고, 이제 이령은 쌍룡문에 발도 딛지 못하게 될 것이다.

하지만 그보다 무연이 걱정되었다.

'떠났을까. 내가 약속을 지키지 않았으니까… 너무 멀리 가진 말았어야 할 텐데.'

빠르게 달려가던 이령 앞에 소오찬이 나타났다. 그는 어색한 미소를 지으며 이령을 바라보고 있었다.

가뜩이나 바쁜데 보기 싫은 얼굴이 나타나자 짜증이 치솟은 이령이 소오찬을 향해 버럭 소리쳤다.

"이, 이령……."

"꺼져!"

"으, 응."

생각보다 소오찬이 순순히 물러섰다. 오히려 살짝 겁에 질린 소오찬의 모습에 그를 스쳐 지나가는 이령이 얼굴을 찌푸렸다.

"갑자기 왜 저러는 거야?"

겁에 질린 소오찬의 모습을 무시한 채 이령이 빠르게 달려갔다.

'저기는 대연무장으로 가는 길…….'

혹시나 무연이 떠났을까 하여 정문으로 달려가던 이령이 발걸음을 멈추었다. 대연무장으로 가는 길이 보여 고개를 돌렸는데, 그곳에 그가 서 있었다. 그 역시 이령을 발견했는지 발걸음을 멈춘 그녀를 향해 천천히 다가왔다.

검은 무복은 찢겨 있었고 온몸이 먼지투성이였다. 손에선 피가 흘렀는지 흔적이 있었다. 먼지투성이가 된 무연을 보며 이령이 떨리는 목소리로 물었다.

"무, 무슨 일이 있었던……."

"소소량이 내세운 무인 세명을 이겼다. 네 도전이 성공했으니, 소소량이 문주직에서 내려오고 네가 쌍룡문의 문주가 될 거다."

이령이 눈을 부릅뜨며 무연을 바라봤다.

"그게 무슨 말이야……."

쉽게 믿지 못하는 이령을 향해 무연이 다시 한번 설명해주려 할 때, 저 멀리서 쌍룡문의 사람들이 빠르게 다가왔다. 그중에는 대연무장에 있던 장로들도 있었다. 그들은 이령을 둘러싸며 축하를 건넸다.

"축하합니다. 역시! 이령님이 해낼 줄 알았습니다."

"대단한 무인을 두셨군요. 역시 이령님입니다!"

사년동안 자신의 존재를 신경도 쓰지 않았던 자들이 이제는 앞을 다퉈 칭찬하자 이령이 어리둥절하여 주변을 둘러보았다. 이해되지 않는 것 투성이였다.

"대, 대체 왜 이러시는 거예요?"

"왜 이러긴요! 이제 쌍룡문의 문주가 되시지 않으셨습니까?!"

"제가요?"

"모르셨습니까? 이령님이 모신 무명이란 무인이 소소량의 무인 세명을 홀로 쓰러뜨렸습니다."

그제야 사실이란 걸 알게 된 이령이 고개를 돌려 무연을

찾았다.

하지만 어디에도 무연의 모습은 찾아볼 수가 없었다.

"무…명."

이령의 도전이 성공하고, 소소량은 문주직에서 물러났다. 곧바로 이령의 문주 즉위식이 시작되었는데, 소소량은 모습을 드러내지 않았다.

이규태도, 태랑도 무곽도 모습을 드러내지 않았다.

소소량이 물러나자마자 장로들은 잘 보이려 달라붙어 온갖 감언이설을 내뱉었지만, 이령은 그들을 피곤하다 이유로 물렸다. 이령은 곧바로 주화입마에 의해 식물인간이 된 이몽우를 찾아갔다.

"아버지……."

사년 만에 만난 이몽우는 비쩍 말라 있었고, 숨소리조차 가늘었다.

"조금만 기다리세요. 제가 반드시… 아버지를 구해드릴게요."

다짐의 말을 건넨 이령이 침대에 누워 있는 이몽우의 이마에 작게 입맞춤을 한 후 조용히 문을 닫았다.

"휴……."

무연이 쓰고 있던 방을 보며 이령이 조용히 한숨을 내쉬었다. 사년간의 괴로움이 끝이 났다. 하지만 외로움은 그대로였다. 이제는 유소도, 양 노인도 있었고, 이몽우도 있었지만 외로움은 쉽게 가시질 않았다.

그리고 미안했다. 믿어주지 못해서 미안했고, 그와의 약속을 저버린 것이 미안했다.

양 노인을 위해 포기했던 모든 것을 무연 홀로 지켜주고, 이루어줬다. 미안하다는 말과 고맙다는 말로는 다 표현할 수 없었지만 그래도 말해주고 싶었다. 미안했다고 고맙다고. 그러나 그 말을 하기도 전에 그는 사라졌다.

약속한 것을 홀로 이룬 뒤.

"미안해요… 그리고 고마워요."

드르륵―!

"꺄악!"

혼잣말을 중얼거리던 이령은 갑자기 방문이 열리자 놀라 소리치며 주먹을 내질렀다. 주먹에 가슴을 맞은 무연이 찡그린 얼굴로 이령을 바라봤다.

"뭐하는 짓이야."

"뭐, 뭐야?! 가, 간거 아니었어?"

"아직. 이몽우가 주화입마에 빠지게 된 진실을 밝히지도 못했는데 어딜 가."

"아… 아……."

민망함에 얼굴을 붉힌 이령이 신형을 휙 돌렸다.

"그, 저, 아니, 그게… 아, 아니야!"

빠른 걸음으로 멀어져 가는 이령을 보며 무연이 피식―

웃은 뒤 방으로 돌아갔다.

"미친! 안 갔으면 안 갔다고 해야지!"

머리를 부여잡은 이령이 주저앉아 머리카락을 쥐어뜯었다.

"으… 창피해!"

하지만 말과는 달리 이령의 입에는 미소가 피어났다.

다음 날 아침.

이령과 함께 이몽우를 만나기 위해 온 무연은 침대에 죽은 듯이 누워 있는 그를 발견하고 천천히 다가갔다.

피부는 황색으로 변해 있고, 메말라 있었으며, 오랫동안 영양분을 섭취하지 못한 탓인지 뼈가 훤히 드러날 정도로 말라 있었다. 이불을 드러내고 하얀 천으로 덮인 이몽우의 전신을 위아래로 훑어보던 무연이 인상을 찡그렸다.

"주화입마라…….."

한가지 이상한 점을 발견한 무연이 이몽우의 몸을 살짝 건드려보았다.

딱딱해진 피부가 무연의 손가락에 눌리지 않았다.

"독이군. 주화입마가 아니야. 독이 뇌수까지 뻗쳐서 그리 보였을뿐."

"하지만 주화입마 때문이 아니라면, 아버지가 그런 잡스러운 독에 당했을리가…….."

"잡스러운 독이 아니야. 보아하니 마비독인 것 같은데…

독이 뇌수까지 뻗쳤다는 것은 하나의 독만 쓴게 아니군."

이몽우의 몸을 차근차근 살피던 무연이 그의 배꼽부근에 작은 구멍을 발견하고 얼굴을 가까이 가져다댔다.

"비살……."

"뭐야?"

이령이 다가와 묻자 무연이 작은 구멍을 가리켰다.

"비살이다. 암수들이 독살할 때 쓰는 작은 바늘이지. 비살에 의해 생긴 구멍이 회복되지 않았다는 것은 마비로 인해 신체가 경직되었다는 뜻이니 마비독에 중독된 이후, 또 다른 독에 중독되었군."

"그 말은……."

떨리는 목소리로 이령이 무연을 바라보았다. 신형을 일으킨 무연이 고개를 끄덕이며 입을 열었다.

"이몽우는 지금 중독 상태다. 독이 뇌수까지 뻗쳐서 일어나지 못하는 거지. 뇌가 망가진 거야."

"그럼, 그 잡초독에 의해 이렇게 된게 아니라는 거야?"

"그래. 최소 두가지 이상의 독이 사용되었다. 하나는 마비독이고, 다른 하나는… 최음제겠군."

무연의 말을 들은 이령의 눈이 커졌다. 동시에 이령의 주먹이 부르르 떨렸다.

분노로 인한 떨림에 이령이 이를 악물며 말했다.

"어떤… 개잡것들이 감히……!"

"이규태, 소소량 그들 중 한명이거나 그 둘 다겠지."

"이규태는 아버지의 동생이야… 뭐하러 소소량에게 문파를 내어주면서까지 아버지를……."

"글쎄, 지금부터 알아봐야지. 이거 생각보다 길어지는군."

생각보다 일이 커지기 시작했다. 처음에는 죄수의 독초로 인해 주화입마에 빠진 것이 아니라는 것만 밝혀내면 됐는데, 이제는 흉수까지 알아내야 했다.

그리고 그들의 증언을 얻거나 증거를 찾아야 했다.

"제일 먼저 소소량을 만나자."

신형을 휙 돌린 무연이 나가자 이령이 안쓰러운 눈으로 이몽우를 바라보다 그의 목까지 이불을 덮어준 후 문을 열고 나갔다.

"그런데 주화입마가 아니라면 아버지가 깨어날 방법이 있다는 거 아니야?"

"미안하지만 가능성은 희박해. 독이 뇌수까지 뻗쳐 뇌를 망가뜨린지 오래야. 만약 독을 해독한다 해도 예전처럼 돌아가긴 힘들 거야."

빠르게 걷던 이령이 발걸음을 멈추었다. 이령이 돌연 걸음을 멈추자 무연 역시 걸음을 멈추고 바라봤다.

이령의 눈에서 굵은 눈물이 뺨을 타고 흘렀다.

흐르는 눈물을 소매로 훔치며 떨리는 목소리로 무연에게 물었다.

"내 잘못이야… 소소량과 결혼한다고 했을 때… 말렸어

야 했는데.”

눈물을 흘리며 떨리는 목소리로 말해오는 이령의 모습에 무연이 망설였다. 자신은 누군가를 위로하는데 서툴렀다. 어떻게 이령을 달래야 할지 몰랐다. 무슨 말을 꺼내야 할까 고민하던 무연은 차라리 말을 하지 않기로 했다.

묵묵히 앞으로 다가간 무연이 이령의 머리 위로 손을 올려 가볍게 쓸어 주었다. 느껴지는 따스하고 커다란 손길에 눈물을 닦으며 무연을 올려다보았다. 여전히 무심한 얼굴인 그가 말했다.

“울어라. 그래도 된다.”

연신 울음을 참아보려던 이령의 눈에서 쉴 새 없이 눈물이 흘러내렸다. 마침내 입을 열어 소리 내서 울기 시작했다. 앞에서 무연이 말없이 그녀의 머리를 쓰다듬어주었다.

그렇게, 이령은 한참을 울었다.

“소소량과 이규태를 잡아들이세요.”

장로 회의를 연 이령이 문주석에 앉아 장로들을 보며 말했다. 그러자 장로들이 웅성댔다. 장로 중 한명이 손을 들며 말했다.

“문주님. 이유를 알려주실 수 있겠습니까?”

“제 아버지이자 전대 문주이신 이몽우님은 주화입마가 아니라. 독에 의해 저리되신 겁니다. 최소 두가지의 독이

86

사용되었죠. 물론 추측일 뿐이지만 온몸을 마비시키는 극독과 최음제가 사용된 것 같습니다."

거침없는 이령의 말에 장로들이 놀란 눈으로 서로를 바라보며 다시 웅성댔다. 여태 새로 얻은 젊은 부인과의 밤일 중 정력초인 줄 알고 먹은 독초 때문에 주화입마에 빠진 거라고 알고 있었는데 이제 와 독에 중독되었다니. 그것도 극독과 최음제가 섞인 독이라는 말에 장로들이 심각해진 얼굴로 말했다.

"그게 사실입니까?"

"사실이에요. 이미 믿을 만한 사람에게 확인한 사실이고, 저 역시 눈으로 직접 확인했습니다. 그리고 저는 그 일에 대한 흉수를 소소량과 이규태라 생각합니다."

그녀의 말에 반박하는 이는 없었다.

확실히 두가지 독을 동시에 사용하면서 최음제까지 쓸 수 있을 만한 흉수는 매우 적었다.

만약 가능하다면 흉수라 생각할 수 있는 자는 단 한명. 이몽우가 새로 얻은 젊은 부인인 소소량이었다.

"소소량과 이규태를… 잡아오세요."

문주인 이령의 명령이었다.

장로들은 신속하게 무인들을 꾸려 소소량을 잡아오라 명했다. 쌍룡문의 무인들은 재빨리 소소량의 처소를 향해 달려갔다.

"그리고 그곳엔 아무도 없었다…겠군."

"정확해."

검지를 치켜세우며 말한 이령이 입술을 잘근잘근 깨물었다.

"제기랄. 대련이 끝난 직후 바로 소소량과 이규태를 잡았어야 했는데… 야밤에 도주한 게 분명해."

"요즘은 미련 없이 버리는 게 대세인가."

"무슨 말이야?"

"그런게 있어. 아무튼 이걸로 어느 정도 심증은 확보한 셈이니 돌아가야겠군."

무연이 신형을 돌려 걸어가자 이령이 빠르게 다가갔다.

"간다고? 어딜?"

"약속을 지키러. 네가 증언을 해준다면 무죄로 죄수를 빼올 수 있을 거야."

"벌써… 가는 거야?"

아쉬운 듯 망설이며 묻자 무연은 지체 없이 고개를 끄덕였다. 더 이상 이곳에서의 볼일은 없었다. 소소량과 이규태를 쫓을 수도 있었지만 그러기엔 시간이 너무 오래 걸렸다. 밤에 도주했다면 쫓기엔 너무 늦었다.

게다가 만약 그들이 제대로 마음먹고 몸을 숨겼다면 쉽게 찾을 수 없을 것이다. 무림맹의 힘을 빌려 찾으려 한다면 못 찾을 것도 없겠지만, 현재 상황에서는 빌릴 수도 없고, 시간도 많이 필요했다.

"그래."

"고마워 그리고 미안해. 나 때문에 고생만 하고… 언제든 雙龍門에 찾아와. 내가 도울 수 있는 것은 그게 뭐든 도울 테니까!"

애써 활짝 웃으며 말하는 이령을 보고 무연은 미소 지으며 고개를 끄덕였다. 이령과 유소 그리고 양 노인의 배웅을 받으며 雙龍門을 내려온 무연은 미련 없이 무림맹으로 향했다. 무연이 떠난 후 새로운 雙龍門主가 된 이령은 아버지의 독을 치료하기 위해 사방팔방을 다니며 실력 좋은 의원을 찾았다. 그와 동시에 사람을 풀어 소소량과 이규태를 쫓았다.

* * *

"음, 이십년 전의 정보라… 글쎄요. 그때는 정사대전이 일어난 때라 정보들이 뒤죽박죽이었어요. 아마 기록이나 정보에 신뢰도가 떨어지긴 할 겁니다."

양소걸의 말에 한소진이 고개를 끄덕였다.

지금 양소걸은 개방에서 새 지부장을 보내주기 전까지 임시 지부장을 맡고 있었다.

양소걸은 상대적으로 취설객에 비해 낮다고 할 수 있는 자신의 서열 때문에 지부장직을 맡는 것이 썩 내키진 않았다. 하지만 현재 개방에 믿을 만한 사람이 필요하다는 무림맹의 부탁에 양소걸이 맡게 된 것이다.

"워낙 살벌한 싸움이었으니 개방도들도 제정신은 아니었을 겁니다. 아마 헛것을 본 자도 있을 테고 과장하거나 두려움에 거짓을 고한 이들도 있을 겁니다."

확실히 양소걸의 말대로 전쟁터의 상황을 있는 그대로 기록하진 못했을 것이다. 바로 옆에 있던 자가 죽고, 벗이 죽고, 스승이었던 자가 죽고, 가족이 죽었을 것이다.

자신 또한 언제 어디서 죽을지 몰랐고, 누가 언제 어떻게 죽을지도 몰랐다.

아비규환(阿鼻叫喚), 시산혈해(屍山血海)의 상황 속에서 제정신을 유지하는 것은 제아무리 무인들이라고 해도 무리였을 것이다.

그러니 항상 죽음을 옆에 끼고 다녔어야 했던 그 당시의 무인들이 제정신일 리 없었다. 이러한 정신상태가 정사대전의 기록에도 영향을 끼쳤을 가능성이 컸다.

"그런데 왜 그러십니까? 옛 기록이 필요한 이유라도 있는 겁니까?"

한소진이 무연과 함께하는걸 양소걸도 잘 알고 있었다. 그러니 그녀의 부탁 뒤엔 항상 무연의 있다는 것도 알았다. 그 물음에 한소진이 말없이 양소걸을 바라봤다.

무연이 말한 믿음직한 사람 중 한명이 양소걸이었는데, 잠시 망설이던 한소진이 입을 열어 말했다.

"이십년 전 정사대전 때 무림맹 무인들의 행적이 필요해

요."

"무인들의 행적?"

양소걸이 이해가 안 된다는 듯 묻자 한소진이 고개를 끄덕였다.

"이십년 전 정사대전을 기록한 개방도들에 대해 알아봐 주세요. 그 정보가 꼭 필요합니다."

"알겠습니다. 믿음직한 자들로 꾸려 알아보겠습니다."

개방지부를 빠져나온 한소진이 고개를 돌려 무림맹을 둘러보았다. 이곳 무림맹으로 들어온 지도 꽤 오랜 시간이 지났다. 원수라 생각했고, 증오하던 상대들이었는데 어느새 이곳이 익숙해졌다.

"한 소저!"

자신을 부르는 소리에 고개를 돌려보니 백아연과 장현이 그녀를 향해 다가오고 있었다. 익숙한 얼굴들이었다. 용천단이라는 소속 아래 자신과 함께한 자들. 단 한번도 느껴본 적이 없었던 소속감을 느끼게 해준 자들이었다.

"단주님이 찾으세요. 어서 가요."

백아연이 손을 잡아왔다. 너무 자연스러워 손을 잡는지도 몰랐을 정도였다.

원래라면 누군가 손을 잡으면 불편해했을 텐데, 한소진은 저도 모르게 백아연에게 이끌려 달렸다.

"부단주님은요?"

장현의 질문에 한소진이 고개를 저었다.

"어딜 가신 건지, 오래도 걸리시네요."

"그러게."

별 생각 없이 내뱉은 한소진의 말에 백아연과 장현이 걸음을 멈추고 놀란 눈으로 바라봤다. 둘의 시선을 느낀 한소진이 백아연과 장현을 번갈아 바라보며 말했다.

"왜?"

"아, 아니에요."

"아니, 아닙니다."

말을 더듬으며 당황하는 그들의 모습에 한소진은 의아했지만 굳이 더 묻지는 않았다. 백아연의 손에 붙들려 달려온 곳에 도원이 용천단원들을 모아놓고 있었다. 그리고 그들 중에는 의외의 인물들도 있었다.

"화산파… 말씀이십니까?"

화설중이 망설이며 물었다. 그의 옆에는 화설이 있었다. 그녀 역시 살짝 흔들리는 눈으로 도원을 바라보았다.

"그래. 너희에겐 미안하기 그지없지만 꼭 필요한 일이라는 것만 알아두렴."

"알겠습니다. 죄가 없다면 없는 것이요, 죄가 있다면 그리고 그 죄 속에 혈교가 있다면 도려내야겠죠."

의연한 화설중의 말에 도원이 옅은 미소를 띠며 그의 어깨를 두드려주었다.

"백 소저."

"운 공자. 오랜만이에요!"

반가운 얼굴에 백아연이 운현에게 다가갔다. 운현은 백아연이 바짝 다가오자 얼굴을 살짝 붉혔다.

그 모습에 남궁청이 얼굴을 굳히며 운현을 바라봤다.

한번도 보여준 적 없는 운현의 모습이 낯설었기 때문이다. 하지만 한편으로는 다행인 듯 작은 숨을 내쉬며 운현의 어깨를 살며시 두들겼다.

"응?"

남궁청의 손길에 운현이 의아한 표정으로 바라보았다. 남궁청이 고개를 끄덕이며 운현을 향해 말했다.

"다행이야. 정말 다행이야."

"뭐, 뭐가 말인가?"

"아무것도 아닐세. 아무튼 화산파라… 설중이가 망설여지겠군."

"그러게."

도원의 부름에 의해 무연이 말해준 운현일행이 용천각에 찾아왔다. 무연을 제외한 모든 용천단원과 운현일행이 모두 모이자 도원이 조심스레 입을 열었다.

"요즘 무림맹에서 아니, 정파무림에서 믿기지 않는 일들이 일어나고 있다는 것은 모두가 알고 있겠지?"

"예!"

"오대 세가 중한 곳인 하북팽가와 구파일방 중 하나인 개방에서 혈교의 잔가지를 확인할 수 있었다. 그들이 어디까지 마수를 뻗쳤는지 알 수 없는 상황이고, 누가 정파무림을 배신했는지도 알 수 없다. 그래서… 대문파에 대한 감찰을 시작하려 한다."

도원의 말이 끝나자 장혁이 마른침을 삼켰다. 대문파라 하면 오랜 역사와 그에 걸맞은 힘을 가진 곳이었다.

누구라도 감찰을 달가워하는 이가 없을 것이다. 그것은 대문파도 마찬가지였다.

"한소진을 제외한 용천단원들은 화산파로 향할 준비를 하거라. 너희도 마찬가지고."

"알겠습니다."

한소진을 제외한 모든 용천단원과 운현일행이 떠나자 도원이 홀로 남은 그를 향해 말했다.

"네가 요즘 이십년 전 정사대전에 대한 기록을 찾아보고 있다는 얘기를 들었다. 그래서 무슨 성과라도 얻었느냐?"

"너무 오래전 기록이라 비교해볼 자료가 없습니다."

"그렇군. 그래. 너는 무연이 돌아올 때까지 잠시 대기하거라."

"알겠습니다.

* * *

"후우… 후욱!"

온 신강의 땅을 다 뒤져본 것 같았는데 구엽자지선란실은 찾지 못했다. 애초에 전설에 나오는 약초였으니, 쉽게

찾을 거라 생각하지는 않았지만 너무도 막막했다.

수천, 수만 그루의 난초들이 숲에 존재했다. 담백은 이 모두를 살펴보았다. 잎을 세기도 했고, 열매를 찾아보기도 했다. 하지만 그 어디에도 아홉개의 잎을 가진 난초는 없었다. 지친 담백이 숲 한가운데에 몸을 뉘었다. 야생동물 소리가 들려오기도 했지만 상관없었다.

그저 지친 몸을 조금이라도 달래주고 싶었다.

"훅훅! 후욱!"

거친 숨을 토해내며 한 노인이 담백의 옆에 나타났다.

그는 지팡이로 간신히 신형을 지탱하며 땅에서 솟아난 돌무더기에 몸을 앉히고는 가쁜 숨을 몰아쉬었다.

"늙으면 죽어야지. 에잉!"

관절이 쑤시는지 연신 무릎과 어깨를 두들기던 노인은 옆에 누워 있는 담백을 곱지 않은 눈으로 보다 한마디 툭— 던졌다.

"젊은 놈이 뭐 힘들다고 누워 있는 게냐."

귓가를 찌르는 노인의 곱지 않은 말투에 담백의 눈썹이 꿈틀했다. 평소라면 당장 일어나 노인네의 다리를 아작냈을 테지만 묵묵히 자리에 누운 채로 꼼짝하지 않았다. 노인의 얄미운 말보다는 몸의 피로감이 더욱 컸다.

"요즘 것들은 이래서 안 돼!"

혼잣말을 지껄이며 노인이 뒤에 메고 있던 망태기에서 삼을 하나 꺼내 씹었다.

으적으적!

삼을 씹는 소리가 들려오자 담백이 눈을 번쩍 뜨며 노인을 바라봤다.

노인은 입안에 삼을 넣고 질경질경 씹고 있었다. 이따금씩 허리춤에서 물주머니를 꺼내 물을 마시기도 했다.

"여보쇼. 할아범. 남는 삼 하나 있으면 줘보쇼."

"됐다. 젊은 놈이 삼은 먹어서 뭐할라고?"

"힘들어서 그런 거요."

눈매를 가늘게 뜬 노인이 담백을 위아래로 훑어보았다.

먼지와 흙투성이의 몸과 여기저기 상한 무복. 만약 매듭만 있었다면 개방의 거지라고 해도 믿을 만한 꼬라지였다.

"흠, 쯧쯧!"

망태기에서 삼을 하나 꺼낸 노인이 담백에게 던져주었다. 삼을 건네받은 담백은 망설임 없이 입에 넣고 으적으적 씹었다. 몇 번 씹지도 않고 목구멍으로 넘긴 담백이 다시 노인을 바라봤다. 끈적한 담백의 시선에 노인이 망태기를 뒤로 감추며 말했다.

"더, 더 이상은 없다. 이놈아!"

"거 참. 하나만 더 주쇼. 내 사례는 할 터이니!"

"얼마나?"

사례라는 말에 노인이 눈을 반짝이자 담백이 품을 뒤적거렸다. 하지만 돈이 있을 리가 없었다. 애초에 금전에 대한 관리는 설영이 했다. 여분의 여비는 이곳으로 오면서

다 썼다. 품을 뒤적거진지 꽤 됐음에도 아무것도 꺼내지 못하자 노인이 은근한 표정으로 담백을 바라보다 망태기를 챙겨 일어섰다.

"일 없음 간다."

지체 없이 떠나려는 노인을 향해 담백이 외쳤다.

"거참! 알겠소. 삼은 됐고, 이거 하나만 물어봅시다. 약초꾼이요?"

"뭐, 대충 그렇지. 그런데 뭘 물어보려는 거냐?"

"응차!"

급한 일이라도 있는지 노인이 재촉하며 물었다. 담백이 신형을 일으키며 노인에게 다가갔다.

생각보다 훨씬 큰 덩치에 노인이 괜히 놀라 뒷걸음질했다.

"원… 놈이… 무슨 곰인 줄 알았네."

"혹시 구엽자지선란실이란걸 들어봤거나 본 적 있소?"

"구엽자지선란실?"

"그렇소. 잎이 아홉개인 난초에 맺힌 열매인데. 그게 필요하오."

노인이 눈썹을 꿈틀하며 담백의 신형을 위아래로 훑어보았다. 그러더니 똑바로 보며 물었다.

"왜, 누가 오음절맥이라도 걸린 모양이지?"

"오! 정확하오. 말 그대로 누가 오음절맥에 걸려서 구엽자지선란실을 구하고 있소."

"아쉽지만 그놈은 못 본지 꽤 됐네. 아마 신강을 전부 뒤져도 못 찾을 게야."

"이런!"

노인의 말을 듣고 화가 난 담백이 바닥을 걷어찼다.

내력을 담아 찬 덕에 땅이 움푹 꺼지며 돌무더기가 여기저기 날아갔다. 감히 평범한 범인이 흉내낼 수 없는 위력에 놀란 노인이 움푹 패인 땅을 바라보다 담백에게 말했다.

"자네. 무인이었나?"

"그럼 뭐겠소? 에휴! 난 더 찾아볼라니까. 노인네는 갈 길 가쇼."

볼일을 마쳤다는 듯이 담백이 신형을 돌려 걸어가자 노인이 급히 다가갔다.

"그럼 내 일 좀 도와줄 수 있겠나?"

"흥! 일없소. 가뜩이나 시간도 없는데 누굴 돕겠소."

"그럼 내 오음절맥을 치료할 좋은 방법을 알려주겠네!"

획―!

신형을 빠르게 돌린 담백이 노인을 노려보았다.

"그게 무슨 말이오?! 구엽자지선란실이 없어도 치료할 수 있단 말이오?!"

"가능하지! 특히 당신같이 강한 무인이라면!"

"그게 무슨 방법이오?!"

담백이 간절하게 묻자 노인이 팔짱을 끼며 고개를 저었다.

"맨입으로 가르쳐줄 수 있겠는… 억!"

담백의 우악스러운 손길에 멱을 잡힌 노인이 대롱대롱
매달렸다. 노인을 한손으로 들어올린 담백이 살벌한 눈으
로 보았다.

"미안하지만 내가 시간이 별로 없어서 말이오. 한번만
더 그런 장난치면 더 이상 재미없을 거요."

"켁! 켁! 아, 알겠어! 알겠네!"

담백이 손을 놓아주자 컥컥거리며 땅에 내려앉은 노인이
목을 매만지며 올려다보았다.

담백은 자신이 한 말이 진심임을 알려주려는 듯 살기 가
득 찬 눈으로 노인을 내려다보았다.

"사실은 내 손자가 지금 곤경에 처해 있네. 내 손자를 구
해준다면 그 방법을 알려주지!"

"내 누누이 말했지만 시간이……."

"안 그럼 나도 말해줄 수 없네."

"하아……."

자신은 죽어도 여한이 없다는 듯한 노인의 단호한 태도
에 담백이 한숨을 길게 내쉬었다. 신강을 모조리 뒤져서
구엽자지선란실을 찾을 수 있을 거란 보장도 없었다. 지금
은 내키지 않아도 노인을 도와줘야 할 때였다.

"알겠소. 갑시다. 그 손자를 도우러."

"고맙네. 이쪽이야!"

신이 난 듯 노인이 경쾌한 발걸음으로 산을 내려가자 인

상을 구긴 담백이 노인을 따라 내려갔다.

"그래서 그 곤경이라는 게 뭐요?"

"아, 사실은 내 손자가 실수로 한 문파의 여식을 건들였지 뭔가?"

여식을 건들였다는 말에 담백이 인상을 확 찡그리며 노인을 노려보았다.

"뭐요?! 설마 여인의 몸을 건들였단 말이요?!"

"아닐세! 이제 겨우 열살 먹은 녀석이 뭘 안다고 여인을 건들겠는가. 단지 문주의 여식의 치마를 들추는 바람에 그에 대한 죗값을 치르겠다는 거지."

"뭐야. 난 또… 그래서 그 죗값이라는 게 대체 얼마기에 이러는 것이요?"

담백의 물음에 노인이 잠시 망설였다.

"많이 비싼 거요?"

"비싸지… 비싸……."

노인이 처연한 눈으로 곧 보이는 마을을 바라봤다.

"죗값으로 내 손자의 오른손목을 잘라야겠다더군."

여인의 치마를 들췄다는 이유로 열살짜리 꼬마의 손목을 자르겠다니. 담백이 자리에 멈추어 노인을 바라보며 말했다.

"그 문파… 어디 있소?"

차웅(借熊)

노인을 따라 내려온 작은 마을 차웅(借熊).

그곳은 한 문파의 보호를 받고 있었다. 보호라는 명분 아래 꽤 많은 액수의 보호비를 바치고 있었다.

문파의 이름은 비릉문이었다. 비릉문의 문주 동자기는 하나뿐인 딸인 동연이 추행을 당했다는 말을 듣는 순간, 노인과 노인의 손자를 쳐죽이기 위해 직접 마을로 내달려 왔다. 하지만 마을 사람들의 간곡한 부탁 덕에 노인의 손자는 간신히 목숨을 건질 수 있었다. 동자기는 대신 조건을 내걸었다.

한달 내로 은화 백냥을 가져오거나, 그것이 안 되면 손자의 오른손목을 잘라 오라는 것이다.

"할아버지!"

노인을 발견한 꼬마가 빠르게 내달려 노인에게 안겼다.

꼬마는 고개를 노인의 품에 깊숙이 밀어넣으며 웃었다.

노인은 그런 손자가 예뻐 죽겠다는 듯 눈을 반짝이며 머리를 쓰다듬어주었다.

"이 꼬마요?"

"우장일세."

우장이라는 꼬마는 담백의 목소리에 노인의 품에서 고개를 내밀어 그를 올려다보았다.

담백의 큰 덩치에 우장은 한참동안 고개를 들어야 했다. 담백의 눈을 마주한 우장이 고개를 휙 돌리며 다시 노인의 품에 들어갔다.

"부모는 어찌되었소?"

"떠났네……."

노인이 말을 마치며 눈짓하자 담백이 고개를 끄덕였다.

실제로 어디론가 여행을 가거나 떠난 것은 아닐 것이다. 인간이 닿을 수 없는 곳. 그곳으로 갔다는 말이었다.

"우장이라 했냐."

우장이 품에서 고개를 삐죽 내밀어 담백을 바라보며 고개를 끄덕였다.

"그래!"

난데없는 반말에 담백이 인상을 구기며 우장의 머리를 살짝 때렸다.

딱—!

"악! 으아아앙!"

담백의 커다란 손가락에 이마를 맞은 우장이 굵은 눈물을 흘리며 울기 시작했다. 우장이 울자 노인이 등을 두들겨주며 달랬다.

"아이고, 우장아. 괜찮으냐? 너는 왜 난데없이 어린아이를 때리는 것이냐?!"

"그쪽이 그렇게 오냐오냐 키우니 애가 그 모양인 거요. 이제 보니 여자애 치마나 들춘 이유를 알 것도 같군. 이렇게 철없고, 버르장머리 없어서야… 쯧쯧!"

우장의 울음소리에 마을 사람들이 하나둘 모여 노인과 담백의 앞에 나타났다.

"어르신. 돌아오셨습니까?"

"그래. 어찌되었는가?"

"동자기가 또 내려왔습니다. 이번에는 쌀을 가져가야겠다면서 백석을 요구하더라고요."

"백석이나… 그런 쌀을 어디서 구하겠는가. 허허!"

노인이 답답한 듯 주변을 둘러보았다.

작은 마을이었고, 마을 주민들을 모두 합쳐도 삼백명이 채 되지 않았다. 그런데 쌀 백석이라니. 그것은 마을 주민들을 모두 굶기라는 말과 다를게 없었다.

"근데 왜 비릉문이란 곳에 쌀을 바치는 것이오?"

담백의 의아한 물음에 노인이 어쩔 수 없다는 듯 고개를 저으며 말했다.

"비릉문에서 우리를 지켜주기 때문일세. 신강 주변에는 과거 뿔뿔이 흩어진 마교인들이 존재하는데, 그들은 작은 마을을 약탈하며 식량을 빼앗고 여인을 겁탈한다 하더라고. 그러니 어쩔 수 없이 우리도 보호를 맡기는 수밖에 없었지."

인상을 구긴 담백이 주변을 둘러보았다. 확실히 정사대전의 여파로 많은 마교의 문파들이 사라지고, 흩어졌다.

분명 교로 복귀하지 못한 마교의 무인들이 중원 여기저기에 아직 살아 있을 거라 생각했지만 설마 그런 짓을 하고 있을 줄은 몰랐던 것이다.

"마교인들이라… 그들을 실제로 본 적이 있소?"

"나는 본 적이 없지만, 이곳에서 멀리 떨어지지 않은 마을에서 두달 전 마교인들의 습격을 받았다더군."

노인의 말이 끝나자 한남자가 눈을 질끈 감으며 주먹을 말아쥐었다. 그자의 행동에 담백이 남자에게 다가가 물었다.

"혹시 그 마을에서 왔나?"

"예. 제가… 우 어르신이 말한 그 마을의 생존자 중 한명입니다."

"그때 상황을 말해봐."

떠올리기 싫은 기억을 떠올리는 듯 남자가 인상을 찡그리며 몸을 부르르 떨었다.

"떠올리기도 싫은 기억입니다… 검은 무복을 입은 마교인들이 다짜고짜 쳐들어와 마을 사람들을 베기 시작했습니다. 건장한 남자들이 제일 먼저 죽었고, 뒤이어 노인들을 죽였습니다."

그때의 상황이 머릿속에 펼쳐지는 탓일까. 남자는 눈물을 흘리며 몸을 부들부들 떨었다.

"여인들을 그 자리에서 옷이 찢겨지고 벗겨져 겁탈당했고, 모든 것이 끝났을 땐 여인들의 목을 베어버렸죠… 저는 운이 좋게 창고에 숨어 살았지만… 가족들은 크흑!"

눈물을 흘리며 말하는 남자에 담백이 강하게 말아쥔 주먹을 떨었다.

마교. 힘을 가장 중히 여기며 죄에 대해서도 무림맹에 비해 관대한 편이었다. 일단 강한 자들이 곧 법이고 권력이었으니 생기는 부작용이었는데 이것은 사정이 달랐다.

제아무리 마교인이라 하더라도 무고한 사람들을 죽이고 겁탈하는 것은 옳지 않다고 생각했다. 최소한 담백은 그리 생각했다.

게다가 겁탈이라니! 담백은 저항할 힘도 없는 자들을 괴롭히는 것을 싫어했지만, 그보다 더욱 증오하는 것은 여인을 겁탈하는 것이다.

"개같은 새끼들… 그래서 마을을 위협하는 마교인들만

없어지면 더 이상 이런 일도 없을 거 아니요?"

"그렇긴 하지만 무림맹에 말해봤자 묵묵부답이니……."

"하여간 무림맹 것들은… 쯧쯧!"

주변을 둘러보던 담백이 우 노인을 향해 말했다.

"그럼 이렇게 합시다. 내가 마교인들을 내쫓아줄 테니 구엽자지선란실이 없어도 오음절맥을 치료할 수 있는 방법을 알려주시오."

"그렇게만 해준다면 내 무조건 알려주지. 하지만… 너무 위험하네."

"상관없소."

우드득―!

양 손가락을 가볍게 푼 담백이 우 노인을 향해 씩― 웃어 보였다.

"내가 아니라 그들이 위험할 테니."

* * *

"어떻게, 차웅 마을도 한번 털어야 할까요? 주민들이 쌀 백석을 쉽게 주지는 않을 것 같은데……?"

"하긴. 요즘 뜸하기는 했지. 동구에게 말해. 차웅 마을에 겁 좀 줘서 쌀을 받아오라고."

"네."

동자기의 말에 무인이 빠르게 달려가 동구를 향해 말했다.

"문주님의 명입니다. 다음 밤에는 차웅 마을을 한번 털라고 하십니다."

"오! 드디어 그곳을 터는 건가? 흐흐흐! 안 그래도 아랫도리가 허전하던 참이었는데 잘됐군."

명령을 받은 동구가 신이 나는 듯 방에서 검은 무복을 꺼냈다. 어설프게 붉은 실로 용이 수놓아진 적룡흑의였는데, 이는 마교인의 상징과도 같았다. 마교인으로 위장하기 위한 좋은 도구였는데, 이런 변방의 주민은 마교인을 본 적이 없어서 이런 볼품없는 옷으로도 속일 수 있었다.

"흐흐! 일단 차웅 마을에 쓸 만한 계집이 있는지부터 보고 올까?"

마침 차웅 마을에 우장이라는 꼬마가 동연을 건드는 바람에 동자기가 화가 많이 난 상태였다. 이를 구실로 삼아 비릉문을 나선 동구는 빠르게 차웅 마을을 향해 걸어갔다. 품속에는 검은 무복을 지니고 있었는데 언제든 마교인으로 위장해 여인을 겁탈하기 위해서였다.

"흐흥흥!"

콧노래를 부르며 비릉문을 빠져나온 동구가 빠른 걸음으로 차웅 마을을 향해 갔다.

해가 거의 졌다. 땅거미가 슬슬 내려앉는 것을 보아 곧 밤이 될 터였는데 점점 세상이 어두워지자 동구는 더욱 기분이 좋았다.

"딱 써먹기 좋은 밤이군!"

하늘엔 보름달이 환하게 세상을 비추고 있었다.

동그랗고 커다란 달빛 아래에서 행복한 시간을 보낼 생각에 동구는 아랫도리가 뻐근해져옴을 느꼈다.

"크흠! 좋아!"

"아저씨. 아저씨는 강해요?!"

우장이 호기심 어린 눈으로 담백을 바라봤다. 담백은 신경 쓰이는 꼬마가 상당히 거슬렸지만 뭐라 하지는 않았다. 치료법을 알려줄 우 노인의 손자인 것도 있었지만, 어린 꼬마를 상대로 힘을 쓰기도 귀찮았기 때문이다.

"저리 가 있어라. 귀찮으니."

"치! 마교인들을 처리해준다기에 강한 줄 알았더니, 이거 완전 엉터리 아니야?!"

"이놈이!"

딱—!

"으아아앙!"

다시 한번 담백에게 맞은 우장이 눈물을 흘리며 우 노인에게 다가가 안겼다. 아이를 달래는 우 노인의 모습에 담백이 팔짱을 끼고 말없이 지켜보았다. 부모를 여읜 탓일까. 우장은 나이에 비해 어리광이 심했다. 특히 언제든 노인의 품에 안겨 있는 것을 즐겼는데 애정결핍으로 인한 행

동이라 생각하니 담백은 괜스레 짠했다.

'부모를 여의었다라…….'

우장의 모습을 보니 부모 없이 자란 자신과 설영이 떠올랐다. 그들은 눈을 뜨는 순간부터 부모를 가져본 적이 없었고, 우장처럼 누군가 보살펴 주는 이가 없었다.

몸을 자유로이 움직일 수 있을 때부터는 죽지 않기 위해 강해져야 했기 때문에 하루하루가 지옥이었다.

이 지옥 속에서 수많은 어린아이가 죽어갔다. 설영과 담백은 겨우겨우 삶은 지켜왔다. 그 와중에 스승을 만나 무공을 배웠으며, 한 여인을 만나게 되었다.

'주군…….'

마신 단각의 손녀이자, 단명우의 딸인 단서연을 만난 것이다. 그녀는 자신의 아래로 설영과 담백을 거두고 보살펴 주었다. 그들에게 있어 단서연은 우 노인과 같은 존재였다.

"바람 좀 쐬고 오겠소."

"아, 알겠소."

우 노인은 품에서 잠든 우장을 뉘이고 있었다. 그 모습을 보던 담백이 답답한 마음에 문을 열고 집을 나섰다.

선선한 바람이 흩날리며 머리카락을 건드려 얼굴을 간지럽혔다. 손을 휘저으며 머리카락을 치운 담백이 마을을 둘러보다가 다리에 힘을 주어 뛰어올라 우 노인의 집 지붕에 올라섰다. 규모가 크지 않아 지붕에 올라서자 한눈에 마을

이 모두 들어왔다.

"정말로 작은 마을이군."

지붕에 걸터앉은 담백이 묵묵히 주변을 천천히 둘러보았다. 딱히 차웅 마을을 지키기 위한 행동은 아니었지만 이런저런 상념이 떠오르자 자연스레 주변을 둘러보게 된 것이다.

그때 이질적인 존재가 마을 한 모퉁이에 나타났다.

그는 조용하고 은밀하게 움직이며 주변을 살펴보았는데, 누가 봐도 의심스러운 자였다.

"뭐여, 저놈은?"

담백이 인상을 찡그리며 그를 바라봤다. 주변을 살펴보던 그는 한 여인을 발견하고 위아래로 훑어보다 모습을 감추었다. 그의 행동에 담백이 여인을 바라봤다.

화사한 미인은 아니었지만, 긴 머리를 길게 늘어뜨리고 푸른 무명옷을 입은 청초한 여인이었다.

담백의 기억에 의하면 임신을 한 여인이었는데 얼마 되지 않은 듯 배가 많이 불러 보이지는 않았다.

여인은 집 앞에 만들어둔 작은 텃밭에 물을 주고 있었다. 난데없이 검은 무복을 입은 자가 나타나 입을 막고 여인과 함께 모습을 감추었다.

"아니, 저 개같은 새끼가?!"

그 모습을 지켜보던 담백이 분노하여 자리에서 일어섰다. 분명 같은 마을 사람은 아니다. 게다가 정파무림의 무

인들은 웬만하면 검은 무복을 입지 않는다. 언뜻 보이는 붉은 수실을 보아하니 적룡흑의와 닮아 있었다.

"넌 내 손에 죽었다."

담백이 껑충 뛰어올라 땅에 내려앉음과 동시에 몸을 튕겼다. 담백의 신형이 엿가락처럼 길게 늘어졌다. 궁신탄영의 절정에 이른 움직임이었다.

"뒈지기 싫으면 조용히 해라. 내가 누군지는 말하지 않아도 잘 알겠지?"

어두운 수풀 속에서 보이는 것이라고는 알 수 없는 사내의 시퍼런 눈동자뿐이었다.

여인은 자신의 운명을 직감하며 고개를 끄덕였다.

사내가 거침없이 옷을 찢으며 여인의 봉긋 솟아난 가슴에 손을 가져다댔다.

"흐흐……."

"저, 저 지금 임신……."

"닥쳐! 뒈지고 싶어?!"

시퍼렇게 날이 선 단검이 목에 닿자 붉은 피가 몽글몽글 피어올랐다. 단검의 날이 얼마나 날카로운지 알 수 있었다. 여인은 눈물을 흘리며 입술을 깨물었다.

마교인으로 보이는 자에게서 험한 짓을 당하는 한이 있더라도 배 속의 아이만은 지켜야 했기 때문이다.

"흐흐. 고년 참!"

치마를 들춰 뽀얀 허벅지를 더듬으며 사내가 여인의 목을 핥기 시작했다.

그때였다.

"이 새끼가!"

퍽!

"억!"

엄청난 힘에 의해 차인 사내가 뒤로 튕겨져 날아갔다.

어찌나 강하게 날아갔는지 사내의 몸이 거대한 나무와 부딪쳤는데, 그 충격에 의해 나뭇잎이 우수수 떨어졌다.

"끄으응!!"

사내가 고통에 찬 신음을 흘리는동안 담백이 여인을 내려다보았다.

여인은 겁에 질린 채 눈물을 흘리고 있었다. 찢겨진 옷 때문에 속살이 훤히 드러났다. 담백은 급히 시선을 돌리며 상의를 벗어 여인에게 건넸다.

"내 옷이 당신보다 크니 가릴 수 있을 거요."

"가, 감사해요."

여인이 감사하다며 옷을 받자 담백이 다시 말했다.

"이곳에 와서 받은 옷이니 더럽거나, 땀이 묻진 않았을 거요."

"감사…해요."

여인이 옷을 두르고 일어나자 담백이 조용히 말했다.

"마을로 돌아가시오. 험한 꼴 보기 싫으면……."

"아, 네!"

여인이 자리를 떠나자 담백이 천천히 고통에 허우적대는 사내를 향해 다가갔다. 그는 담백이 다가올 때마다 몸을 비틀어 자리를 벗어나려 했다. 나무와 부딪치며 허리를 다쳤는지 제대로 몸을 가누질 못했다.

"척추가 부러졌을 테니 일어서서 도망가는 건 불가능할 거야."

"끄으응… 너, 내가 누군지 모르는 게냐?!"

텁!

어깨를 잡은 담백이 사내를 들어올렸다.

"끄으으억!!"

우악스러운 손에 들어올려진 사내가 떨리는 눈으로 담백을 바라봤다.

담백은 분노에 찬 눈으로 사내를 바라봤다. 그러다 사내가 입은 옷이 뭔가 이상하다는 것을 깨달았다.

"적룡흑의… 아니, 아니었군. 적룡흑의가 이렇게 조잡할 리가 없지. 너는 누구냐?"

"무, 무슨 소리냐. 나는 자랑스러운 신교의 무인이다! 지금 내 동료들이 당장 네놈을 찢어 죽이러 올게다. 살고 싶다면 당장 나를… 끄억!!"

우드득—!

힘을 주어 사내의 어깨를 박살 낸 담백이 비릿하게 웃었다.

"그래. 불러라. 이왕이면 더욱 크게 비명을 지르라고. 그래야 멀리 있는 마교인들이 듣지 않겠느냐?"

우드드드득!!

사내의 왼손을 집은 담백이 힘을 주어 왼손가락 뼈를 부러뜨렸다. 왼손가락이 모조리 박살난 사내가 고통에 찬 비명을 지르며 숨을 헐떡였다.

살면서 이렇게 큰 고통은 처음이었다. 항상 고통을 주는 입장이었지, 이렇게 받는 것은 처음이었다.

"남에게 고통을 주는 것은 좋아하면서 네가 받는 것은 싫으냐?"

"제, 제발 살려주세요."

"내가 언제 너를 죽인다 했나? 아니지, 아니야. 너는 더 고통 받아야 해. 이번 일이 처음이 아닐 거야? 그렇지?"

아니라 부정하고 싶었지만, 사내는 이 남자가 모든 걸 알고 있다는 것을 알았다. 살기 위해 머리를 굴려야 했다. 이어지는 고통에 머리가 아찔해져옴을 느꼈다.

"끄아악!"

이번엔 발등의 뼈가 부러졌다. 차라리 혀를 깨물어 죽을까 했는데 이를 눈치챘는지 담백이 목을 움켜쥐었다.

"컥! 꺼억!"

엄청난 압박감에 사내가 펄떡거리며 저항했지만, 부질없는 짓이었다. 무심하게 사내의 이곳저곳을 부러뜨리던 담백이 그를 똑바로 바라보며 말했다.

"자, 배후를 말해라. 네가 진짜 마교인일 리는 없고 혹시 비릉문이냐?"

"아, 아닙니다. 저는 저… 끄응… 정말로 신교도입니다."

"그래? 어디 소속이냐. 설마 신교도가 소속도 없을 리는 없겠지? 나도 있는데."

들려오는 믿기지 않는 담백의 말에 사내가 눈을 동그랗게 떴다.

그제야 사내는 깨달았다. 자신의 앞에선 남자의 정체를.

"비, 비릉문입니다. 저는 정말로 비릉문의 무인입니다."

"호오? 그래? 여태껏 신교도 행세를 해왔다 이거냐?"

"그렇습니다. 흐흑… 제발, 제발 목숨만은 살려주십시오!"

"아까도 말했다시피. 나는 널 안 죽여. 대신……."

털썩—!

처절한 비명소리와 겁탈의 위기에서 벗어난 여인 때문에 온 마을 사람들이 집을 나와 한곳으로 모였다.

그곳 중심에는 담백이 사내를 데려와 바닥에 던졌다.

"네 이름과 소속을 말해라."

"제, 제 이름은 동구입니다. 비릉문의 문주… 동자기의 동생입니다."

"세상에……."

충격을 받았는지 마을 사람들이 웅성대며 동구를 바라봤다. 설마하니 비릉문에서 일부러 마교인의 행세를 하며 마을을 공격했을 거라고는 생각하지 못한 것이다.

"그럼 여태까지… 마교 행세를 하며 마을을 갈취한 거냐?!"

마을 주민이 외치자 동구가 묵묵히 고개를 끄덕였다.

분노하는 마을 사람들을 보며 담백이 뒤로 살짝 물러나 공간을 내어주었다. 언제든 동구를 때려죽여도 된다는 뜻이었다. 이상하게도 마을 사람 중 누구도 동구를 해하는 이가 없었다. 뭔가 일이 이상하게 돌아가자 담백이 우 노인을 향해 물었다.

"이상해… 이런 짓을 한 놈인데 왜 아무도 동구를 죽이지, 아니 때리지도 않는 거요?"

"그야 비릉문주의 동생이니까… 만약 동구가 시체가 되어 돌아가면 동자기가 가만히 있겠나? 당장 문파의 무인들을 데리고 와서 마을 사람들을 모조리 죽일 걸세."

그의 말이 사실인 듯 마을 사람들은 오히려 동구의 등장에 두려움을 느끼고 있었다. 그들 중 동구를 치료해서 보내주자는 얘기가 나올 정도였다.

'힘이라… 힘.'

담백은 탄식했다. 이것이 중원의 현실이었다.

힘을 가진 자는 선과 악의 위에 섰다. 모든 행동을 용서받고 정당화할 수 있었다.

그것이 힘이 있는 자의 권리였다. 죄 없는 자들이 어떤 피해를 입든 힘이 없다면 그저 참아내야 했다.

이 모든 것에 환멸을 느낀 담백이 동구를 바라봤다.

"끄으으… 내 이번 일은 특별히 문주님께 고하지 않을 테니… 감사히 여겨라."

비틀거리며 일어나는 동구를 보며 담백이 인상을 찡그리며 나지막이 중얼거렸다.

"임산부, 여자, 꼬마, 노인들은 눈을 감아라."

말을 마친 담백이 성큼성큼 걸어가 동구의 앞에 섰다.

"나, 나를 죽이면 비, 비룡문이 마을을 가만두지 않을 거야!"

"그럴 필요 없다. 비룡문은 내 손에 박살날 거니까."

퍽!

동구의 얼굴이 휙 돌아가며 부러졌다. 턱이 덜렁거리며 눈알이 뽑혀 나왔다. 쓰러진 동구의 시신을 말없이 내려다 보던 담백이 마을 사람들에게 말했다.

"여기 있어라. 전부. 내 손으로 직접 비룡문을… 박살내고 올 테니까."

죽은 동구의 시신을 잡은 담백이 성큼성큼 걸어갔다.

"마, 말려야 하지 않을까요?"

담백의 옷을 걸치고 있던 여인이 걱정스러운 듯 우 노인을 향해 물었다. 우 노인이 옅은 미소를 띠며 말했다.

"저 곰같은 기개를 가진 사내를 무슨 수로 막는단 말인가? 자, 다들 집으로 돌아가게나. 내일은 평소보다 바쁠 것 같으니 들어가 쉬라고."

말을 마친 우 노인이 집으로 들어가자 마을 사람들이 하나둘 집으로 돌아갔다.

씩씩거리며 마을을 빠져나온 담백이 저 멀리 보이는 비릉문을 바라봤다. 신강의 마을들을 족쳐 얻어낸 부와 재화로 세를 넓혔는지 널따란 장원이 눈에 들어왔다. 담백은 인상을 찡그리며 장원을 바라보다 신형을 날렸다.

"누, 누구냐?"

한손에 시신을 든 담백이 성큼성큼 비릉문의 정문을 향해 다가오니 문을 지키던 무인이 검을 쥐며 물었다. 담백이 씨익 웃었다.

"진짜 신교도다."

"뭐, 뭐?!"

단죄(斷罪)

　신강에서 위세를 떨치며 작은 마을들의 고혈을 빨아먹던 비룡문의 단단한 정문은 수십 조각의 파편이 되어 장원에 널브러져 있었다.

　정문을 부수고 나타난 이는 큰 덩치의 사내였다.

　"마… 마교?!"

　동자기는 믿기지 않는다는 눈으로 정문을 부수고 나타난 큰 덩치의 사내, 담백을 바라봤다.

　수수하기 그지없는 검은 무복과 주변을 압도하는 거대한 살기. 비룡문의 장원을 가득 메운 존재감.

　마교인이라 하지 않았더라도 동자기는 담백을 함부로 하

지 못했을 것이다.

그의 존재감과 기운의 크기는 동자기가 평생 살며 만나본 무인들 중에서도 가장 강대했으니.

"어, 어째서 이런 누추한 곳에 마교의 귀인께서?"

자세를 낮춘 동자기가 떨리는 눈동자로 담백을 향해 물었다. 자세를 낮추며 다가오는 동자기를 보며 담백이 인상을 찡그렸다. 차웅 마을 주민들에게 보이던 오만한 태도는 어디로 갔는지, 지금은 비루먹은 강아지처럼 설설 기는 동자기의 모습에 화가 난 것이다.

"네가 동자기냐?"

"예! 제가 비룡문의 문주 동자기입니다."

"네놈의 동생이라던 동구라는 자가 차웅 마을에 나타났다. 나는 사정이 있어 그 마을에 잠시 몸을 의탁하고 있었는데, 동구라는 놈이 나타나 여인을 겁탈하려고 했다. 그것도… 신교도의 행세를 하면서 말이지?"

끝말을 마친 담백의 살기가 점점 더 짙어지자 동자기가 몸을 바들바들 떨며 고개를 더욱 낮추었다.

"그, 그것이… 동구라는 녀석이 워낙 망나니 같은 놈인지라 저 역시 어쩌지 못했습니다. 그놈이 이제는 마교도의 행세를 하다니! 제, 제가 엄중히 꾸짖어 다시는 그런 짓을……."

"그럴 필요 없다."

"예?"

그게 무슨 말이냐는 듯 동자기가 고개를 들어 물었다. 담백이 살벌한 미소를 지으며 말했다.

"그놈은 이미 죽어 황천을 거닐고 있다."

"도… 동구가 주, 죽었단 말입니까?!"

"그래. 내 손에 죽었다."

그동안 저자세로 자신을 낮추던 동자기가 벌떡 신형을 일으켜 세웠다. 그의 눈빛에는 혼란과 당혹 그리고 분노가 깃들어 있었다.

"네, 네가 내… 내 동생을 죽였단 말이냐?"

말을 높이던 동자기가 말을 낮추며 허리춤에 메인 검에 손을 가져다댔다. 이 상황을 모면하려 자세를 낮추던 동자기가 분노한 것이다. 비릉문의 무인들 역시 상황을 깨닫고 검에 손을 가져다댔다. 언제든, 동자기가 명을 내리는 순간 담백의 몸을 여러 갈래로 잘라놓기 위해서였다.

"흥! 멍청한 놈. 몇 번을 말해야 알겠냐. 내 손에 죽었다니까!"

"이, 이놈이!"

동자기가 검을 빼어들며 외쳤다.

"이놈을 갈기갈기 찢어 죽여라! 이놈의 사지는 곱게 잘라 동구의 제사상에 올릴 테니!"

"하?!"

비릉문의 무인들이 일제히 검을 뽑아냈다.

여기저기서 은빛의 검날이 달빛에 비추어 반짝거렸다.

수십명의 무인들이 검을 빼들고 달려들기 시작했음에도 담백의 표정은 무심했다. 불안감이나 두려움은 찾아볼 수조차 없었다. 그의 모습에 동자기는 알 수 없는 불안감을 느꼈다. 그는 어렴풋이 담백의 수준이 이곳 비릉문의 누구보다 뛰어나다는 걸 느꼈다. 하지만 수준의 차이도 일대일의 경우에서였지, 일대 다수의 싸움에서는 숫자가 수준을 압도했다. 아니, 그렇게 생각했다. 담백의 주먹에 세명의 무인들이 짓이겨 날아가기 전까지만 해도.

"끄억!"

"꺽!"

세명의 몸이 겹쳐지며 날아갔다.

벽에 거칠게 부딪친 세명의 무인은 형언할 수 없는 충격에 정신을 놓고 고개를 떨구었다.

그 뒤로 담백의 양 주먹에서 검은색 묵기가 흘러나오더니 이내 주먹을 감싸며 권갑의 형태로 변해갔다.

"궈, 권강!"

초절정의 수준의 권강이 담백의 주먹에서 발현되었다.

담백이 지닌 묵색권강이 휘둘러질 때마다 비릉문 무인들의 검이 산산조각이 났고, 가벼운 휘두름에도 무인들은 무릎을 꿇고 쓰러졌다.

"어억!"

달려오던 무인의 무릎을 앞발로 걸어찬 담백은 그의 신형이 무너지며 앞으로 쏠리자 뒷목을 잡아챈 후 거칠게 자신의 오른쪽으로 던졌다.

 던져진 무인이 마주 달려오던 무인들과 부딪쳐 뒤로 튕겨나가자 담백의 시선은 왼편으로 향했다. 어느새 지척으로 다가온 무인들이 검기가 깃든 검을 높게 치켜들고 담백의 머리와 가슴, 다리를 노리고 들어왔다.

 "흡!"

 작게 숨을 들이마신 담백이 신형을 빠르게 꺾으며 가장 먼저 다리를 베어오는 검을 왼발로 쳐냈다.

 내력이 깃든 담백의 공격에 다리를 베던 무인의 검이 빠르게 꺾이며 바닥에 처박혔다.

 다리를 베어오던 검을 쳐낸 담백은 곧바로 양손을 펼치며 가슴과 머리를 베어오는 검을 좌우로 쳐냈다.

 카앙—!!

 검신이 휘청일 정도로 강한 충격을 받은 무인들이 검을 놓치지 않으려 안간힘을 썼다.

 손바닥이 찢어져 피가 배어나올 정도로 강한 충격이었다. 담백은 이들의 신형이 무너지는 순간 양손을 거두며 빠르게 주먹을 번갈아 내질렀다.

 퍼엉—!

 "쿨럭!"

 "컥!"

 두 명의 무인들이 빠르게 뒤로 튕겨나갔다.

 어떤 반격이나 제대로 된 공격도 못해보고 튕겨나가 다

시 일어서지 못하는 비릉문의 무인들을 본 동자기가 입술을 잘근잘근 깨물며 검을 쥔 손에 힘을 주었다.

담백이 빈틈을 보이는 순간 바로 달려들기 위해서였다.

다시 다섯명의 무인들이 담백의 발길질에 나가떨어지고, 세명의 무인들이 담백의 거침없는 손길에 쓰러졌다.

검은 무의미했다. 닿지 않기 때문이다.

숫자도 무의미했다. 몇 명이 달려들던, 담백의 옷깃조차 건들지 못했으니.

초조하게 빈틈을 지켜보던 동자기가 눈을 가늘게 좁혔다. 담백의 등 뒤로 빠르게 검을 찔러 넣는 무인이 눈에 띄었다. 담백의 수준을 어림잡아 보면 이 공격이 그를 어쩌지는 못할 것이다. 하지만 동자기에게 필요한 것은 단 한 번 찰나의 순간에 생긴 빈틈이었다.

"응?"

마교에서 살아남기 위해 숱한 싸움과 생사의 경계를 넘나드는 전투를 수없이 겪었다.

암습과 급습은 물론이요. 일대다수의 싸움도 셀 수 없을 만큼 겪었다. 은밀하긴 했지만 마교의 암수들에 비해서는 터무니없는 암습이었다.

턱―!

"윽!!"

은밀하게 담백의 뒤를 노리고 찔러오던 비릉문 무인의 눈이 커졌다. 등을 노리고 검을 찔러 넣었지만, 어느새 담

128

백이 옆에 나타나 검을 쥔 자신의 손을 잡아챘기 때문이다.

"형편없기 그지없는 암습이로군!"

가차 없는 평을 내린 담백이 손에 힘을 주자 우드득— 소리와 함께 검을 쥔 비릉문 무인이 자리에 주저앉았다.

"끄으으으으!!"

손목뼈가 부러진 무인이 고통에 찬 신음을 흘리며 쓰러지는 순간, 담백이 눈을 동그랗게 떴다. 엄청난 속도로 미간을 노린 검극이 바로 눈앞에 나타났기 때문이다.

푹—!

"미, 미친놈……!"

동자기의 눈은 더 이상 커질 수 없을 만큼 커졌다.

그가 그렇게 눈을 크게 뜬 건 바로 앞 자신의 검을 쥔 담백의 모습 때문이다. 너무도 담담하게 검을 맨손을 잡아챈 담백이 동자기를 향해 씨익— 웃어 보였다.

"드디어 네놈이 나서는군."

"제기랄!!"

당황한 동자기가 검을 뽑아내려 했지만, 단단한 바위에 꽂힌 듯 검은 미동조차 하지 않았다.

검을 뽑아낼 수 없다는 것을 깨달은 동자기는 검을 놓은 채 뒤로 몸을 날렸다.

'괴물 같은 놈! 이곳 비릉문에서 저놈을 상대할 자가 있을 리 없다… 일단 몸을 피해…….'

몸을 뒤로 날리던 동자기의 표정이 멍해졌다. 자신의 검을 쥔 담백이 검신을 붙잡은 채 말했기 때문이다.

"이건, 가져가야지!"

수우우웅—!

담백의 손에서 날아간 동자기의 검이 엄청난 속도로 날아가 그의 어깨에 박혔다.

"크아악!!"

어깨가 떨어져나갈 것 같은 고통도 잠시, 검에 가해진 속도와 힘이 너무도 강해 뒤로 몸을 날리던 동자기의 신형이 더욱 빠르게 날아가 장원의 본당으로 향하는 계단에 내리꽂혔다.

쾅—!

계단에 그대로 검과 함께 꽂혀버린 동자기가 눈물을 흘렸다. 태어나는 순간을 제외하고 단 한번도 눈물을 흘린 적 없던 동자기가 눈물을 흘렸다.

고통과 두려움이 동자기를 괴롭게 했다.

터벅터벅!

발걸음 소리가 들려왔다. 누구인지 확인해보지 않더라도 발소리의 주인이 누구인지 아주 잘 알고 있었다. 그 발소리는 곧 비릉문과 자신의 종말을 의미했다.

"어떠냐? 신강의 선량한 주민들에게 주었던 고통을 네가 직접 받으니."

"끄어어… 자, 잘못했…습니다."

울면서 비는 동자기의 모습에도 담백의 눈은 무미건조했다. 그의 뒤로 아직 많은 비릉문의 무인들이 있었지만, 누구 하나 나서지 못했다. 동자기는 절망했다. 신강 외곽에 자리 잡아 마을주민들에게 마교인으로 위장해 피해를 준 후 보호라는 명목 하에 고혈을 빨아먹고 성장했다.

워낙 외진 곳이라 무림맹의 간섭도 받지 않는 이곳에서 무소불위의 권력을 휘두를 수 있었다. 그에 대한 죗값은 너무도 터무니없는 곳에서 그를 찾아왔다.

"아, 아버지!"

소녀의 목소리에 동자기와 담백의 고개가 동시에 돌아갔다. 소리가 들려온 곳에는 목소리처럼 앳된 소녀가 중년 여인의 품에서 바들바들 떨며 눈물을 흘리고 있었다.

"도… 동연아!"

동자기의 눈이 불안한 듯 떨렸다. 장원에 동연과 아내가 있다는 사실을 깜박한 것이다. 보통이면 비릉문 장원에 가족을 기거하지 않게 했는데, 최근 아내와 동연을 장원에 불렀던 탓에 잊어버리고 있었던 것이다.

"도, 도망치거라. 동연아!"

"아버지!"

동연의 울부짖음에 담백이 인상을 찡그렸다. 동자기가 놀라 담백을 바라봤다. 담백이 눈에 띄게 동요하고 있었다. 아마 동자기의 어린 딸을 만났기 때문이리라.

망설이는 듯한 담백의 모습에 동자기가 눈을 빛냈다.

담백의 손에서 벗어날 수 있는 방법을 떠올린 동자기가 눈물을 흘리며 그를 향해 울부짖었다.

"나, 나만 죽이시오! 내 가족은… 내, 내 사랑하는 딸만큼은 제발 살려주시오!"

"아버지. 안 돼요!"

어머니의 품에서 떨어지지 못한 동연이 중년여인의 치맛자락을 붙잡고 절규했다. 그녀의 슬픈 절규에 동자기가 호응하듯 담백을 향해 애처롭게 말했다.

"저 아이는 내 전부요. 내 목숨을 드릴 테니, 제발 저 아이는……."

"걱정 마라."

걱정하지 말라는 담백에 말에 동자기가 떠오르는 환희를 애써 지우며 고개를 끄덕였다.

"아이와 아내는 건들지 않겠다. 약속하지."

"감사합……."

담백을 향해 감사를 올리던 동자기는 뭔가 이상함을 깨달았다.

'아이와 아내는 건들지 않겠다고? 그, 그 말은…….'

불안함을 느낀 동자기가 급히 고개를 치켜들자 담백의 우악스러운 손이 그의 목을 죄어왔다.

"컥! 컥!"

담백이 목을 잡고 들어 올리자 돌계단에 박혀 있던 검이 뽑혀 나오며 동자기의 몸이 떠올랐다. 담백의 손에 매달린 동자기가 버둥대며 간절하게 바라봤다. 살려달라는 듯한 동자기의 시선에 담백이 무심하기 그지없는 목소리로 말했다.

"죄다. 죄 없고 힘없는 자들을 죽인 죄다. 힘없고 가녀린 여인들을 겁탈한 죄다."

점점 담백의 손에 힘이 들어가자 동자기가 더욱 힘차게 버둥댔다. 당장에라도 목이 터져 죽을 것만 같았고, 피가 머리로 쏠려 눈이 점점 붉게 충혈되었다.

"하지만 그보다 더욱 큰 죄는… 나의 땅이자, 나의 고향이자, 나의 집인 신교를 욕보인 죄다."

"끄으으응!"

"죄를 지은 자는 죗값을 받는다. 네 죄의 죗값은 죽음이다. 너도 그리고 저들도 똑같은 죗값을 치를 것이다."

우득—

짧은 뼈 부러지는 소리와 함께 동자기의 신형이 바닥으로 떨어지며 허물어졌다. 그 모습에 동연이 절규하며 주저앉아 울었다. 중년 여인도 다리에 힘이 풀렸는지 본당의 기둥에 손을 얹고 간신히 서 있었다.

아직 어린 딸과 아내의 앞에서 남편을 죽였다.

"이, 이 잔인한 놈!"

비릉문 무인의 말에 담백이 싸늘하게 미소 지었다.

"네놈들이 한 짓은 잔인하지 않은 것이었나?"

"닥쳐라! 어찌, 인간의 탈을 쓰고 어린 동연이가 있는 앞에서… 동자기님을!"

무인의 외침에도 담백은 무심했다. 죄책감, 당연히 느껴졌다. 특히 어린 딸 앞에서 그 아이의 아버지를 죽인 것은 매우 잔인한 짓이라 생각했다. 그러나 담백은 흔들리지 않았다.

"어이가 없군. 네놈들이 신강의 작은 마을들을 신교를 사칭해 유린하고 겁탈하며, 목숨을 빼앗던 것은 모조리 잊었냐?"

"다, 닥쳐!"

"인간은 말이야. 꼭 자신이 당해야 그것을 깨달아. 아주 어리석지. 네놈들도 깨달아야 해. 때리면 아프고, 사랑하는 자가 죽으면 슬프다는 걸."

담백은 천천히 본당의 계단을 하나둘씩 내려오며 비릉문의 무인들을 돌아보았다. 검을 쥐고 있음에도 누구 하나 나서지 않는다. 공포 때문에.

만약 단 한사람이라도 나섰다면 군중심리로 인해 모두가 나섰겠지만, 아무도 나서지 않았다.

"그러니 살고 싶으면 덤벼라. 응징자로 온 내게서 살고 싶다면."

"이, 이 개자식이!"

참다못한 비릉문의 무인 중 한명이 검을 들고 담백을 향해 달려들었다. 시퍼렇게 날이 선 검신이 담백의 몸을 두 동강 내려 빠르게 달려들었지만, 검과 검을 쥔 무인은 목

표를 달성하지 못한 채 차가운 바닥에 몸을 뉘었다.

뒤이어 비릉문의 무인들이 담백을 향해 달려들었다.

도망치는 이도 있었다. 두려움에 몸을 웅크리고 벌벌 떠는 이들도 있었다.

"후우!"

짧고 강하게 숨을 몰아쉰 담백이 비릉문을 나섰다.

"아!"

잠시 잊었던 것을 떠올린 담백이 신형을 돌려 정문에 걸려 있는 현판을 향해 주먹을 내질렀다.

검은색의 권기가 빠르게 날아가 현판을 박살냈다.

산산조각 나며 파편을 이리저리 흩뿌리며 쓰러지는 현판을 지켜보던 담백이 신형을 돌려 비릉문을 빠져나갔다.

담백이 떠난 비릉문에 남은 것은 수많은 무인들의 시체와 망연자실한 동연과 동자기의 아내가 멍하니 주저앉아 있었다.

"그 형… 괜찮을까요?"

우장의 물음에 자리에 누워 있던 우 노인이 눈을 살며시 뜨고는 옆에 누워 있는 아이를 껴안아주었다.

"괜찮을 게다. 그리 쉽게 죽을 자는 아닐 테니."

"하지만 비릉문은 강하잖아요."

"그래… 그렇지만 그 남자가 더 강할 거라고 지금은 그리 믿자꾸나."

얼마의 시간이 지난 후 불안함이 조금 가셨는지 우장이 새액— 새액 소리를 내며 잠을 들었다.

우장이 잠든 것을 확인한 우 노인은 이불을 끌어당겨 목까지 덮어준 뒤 조용히 집을 나섰다.

새벽공기의 쌀쌀함이 폐부를 깊숙이 찌르고 들어옴을 느끼던 우 노인이 시선을 돌렸다.

저 멀리 검은 무복을 입은 큰 덩치의 사내가 천천히 차웅 마을을 향해 걸어오고 있었다.

겉으로 보인 무복이 조금 상해 있었는데 작은 생채기조차 없는 그의 모습에 우 노인이 미소 지었다.

"어째 몸이 성해 보이는군. 비릉문은 못 찾은 겐가?"

다가오는 담백을 향해 우 노인이 물었다.

담백이 못 찾았다 한들 우 노인은 원망하거나 불안해하지 않으려 했다.

동구의 행동은 분명 잘못되었다. 만약 담백의 말대로 그들이 여태 마교 행세를 하며 마을사람들을 약탈하고 유린하며, 겁탈하고 죽여왔다면 그들은 죽어 마땅했다.

실제로 담백의 손에 동구가 죽는 순간, 우 노인은 알 수 없는 희열을 느꼈다.

그것은 일종의 통쾌함이었다.

복수를 이루었다는 만족감이었다.

그러니 우 노인은 담백이 무슨 말을 하든 그를 원망치 않

으려 했다.

"찾았소. 꽤 크더이다."

"그래서 그냥 돌아왔는가? 뭐, 자네 몸이 성해 보이니 그
게 더 다행이지."

"비릉문 무인들의 위세가 어찌나 대단한지, 몸이 저릿했
소."

몸을 움찔거리며 말하는 담백에 우 노인이 너털웃음을
지었다.

"허허! 그 정도란 말이지?! 동구에 대한 일은 일단 마을
내에서도 함구하기로 했으니 괜찮을 걸세. 그리고 약속했
던 오음절맥을 치료하는 법에 대해 얘기해주겠네. 그것
은……."

"지금은 됐소."

손과 고개를 휘휘 저으며 담백이 우 노인의 어깨를 가볍
게 두드렸다. 그를 스쳐지나 우 노인의 집으로 향했다.

"어차피 늦었으니, 일단은 자고 내일 얘기합시다."

"하지만 자네가 이곳에 있으면 위험하네. 동구의 실종을
물으러 비릉문에서 무인들이 차웅 마을로 올게야. 그러면
처음 보는 외지인인 자네를 가장 먼저 의심……."

가던 길을 멈춘 담백이 고개만 돌려 우 노인을 향해 미소
지었다.

"비릉문은 이제 없으니 그런 걱정하지 마시오. 그나저나
오랜만에 몸을 좀 썼더니 피곤하구만."

어깨를 휘휘 돌리며 문을 열고 들어가는 담백을 보던 우 노인이 멍하니 섰다.

"자네가 그리 말해버리면… 이 늙은이가 주책없이… 설레지 않는가."

깊은 주름이 새겨진 우 노인의 눈가에 눈물이 고였다.

"우 어르신! 어르신!"

우 노인의 집에 한 사내가 찾아와 거칠게 문을 두들겼다. 얼마 안 가 우 노인이 눈을 비비며 말했다.

"무슨 일인가?"

"비릉문이! 비릉문이 멸문했답니다."

"비, 비릉문이?!"

"예! 오늘 아침 수금 날에 맞춰 곡식을 바치러 간 다른 마을 주민이 비릉문의 현판이 없어져 있었답니다. 정문이 박살나 있기에 얼른 안으로 들어가 봤더니 비릉문 무인들의 시체가 산처럼 쌓여 있었답니다. 동자기는 목이 부러진 채로 죽어 있었답니다!"

사내의 믿기 힘든 말에 우 노인의 시선이 빠르게 우장과 뒤섞여 대자로 뻗어 자고 있는 담백을 향해 돌아갔다.

우 노인의 눈동자가 요동치기 시작했다.

어제까지만 해도 담백의 말에 긴가민가했는데 그 말이 사실이라는 것을 깨닫자 우 노인이 몸을 떨었다.

"귀, 귀인을 상대로 내가 터무니없는 제안을 했구나!"

비릉문을 단신으로 박살 낸 남자에게 오음절맥을 가지고 거래를 제안한 자신의 잘못을 깨달은 우 노인은, 비몽사몽하며 일어서는 담백에게 다가가 얼른 고개를 조아렸다.

"죄송합니다! 귀, 귀인을 못 알아보았습니다."

우 노인이 갑자기 엎드려 절을 하자 놀란 담백이 그를 일으켜 세웠다.

"갑자기 이게 무슨 짓이요?"

"제가 귀인을 못 알아봤습니다. 이렇게 대단하신 분을 제가 감히……!"

"돼, 됐소. 난 그런 사람이 아니오."

담백이 고개를 저으며 부정하자 우 노인이 고개를 번쩍 들어 물었다.

"그럼, 어젯밤 비릉문을 단신으로 박살내신 게 공자님이 아니란 말씀이신가요?"

"그, 그거야 내가 한 게 맞지만……."

"아이고. 공자님!"

우 노인이 고개를 조아리자 소식을 알린 사내도 덩달아 고개를 조아렸다.

태어나서 단 한번도 누구에게 극진한 대우를 받아본 적이 없던 담백이 손사래를 치며 그들을 만류했지만, 그들은 한사코 절을 받아달라며 고개를 조아렸다.

"왜 이렇게 시끄러워……."

잠을 자던 우장이 잠에서 깨어나 투덕거리는 우 노인과

사내 그리고 담백을 보더니 고개를 저었다.

"하여간 다들 철이 덜 들었다니까. 에휴……."

말을 마친 우장이 이불을 좀 더 끌어올려 머리까지 덮은 뒤 몸을 뉘였다.

한가장에서의 만남

　"담백님은 어디 가신 건가요?"

　한소진의 물음에 옆에 있던 설영이 무심하게 내려다보았다.

　"왜, 담백이 보고 싶으냐?"

　"네. 담백님이 있을 땐 재미있었는데……."

　"지금은 재미없느냐?"

　무미건조하고 살짝 갈라지는 듯한 말에 한소진이 눈매를 가늘게 뜨며 설영을 바라봤다. 한결같이 무표정인 설영을 보며 한소진이 고개를 끄덕였다.

　"네."

망설임 없는 한소진의 솔직한 대답에 설영이 인상을 살짝, 아주 미세하게 찡그렸다. 그의 표정 변화에 한소진이 흥미로운 듯 설영의 얼굴을 훑어보았다.

"내가 담백보다 재미가 없다고?"

"그건……."

한소진이 망설이며 설영의 얼굴을 바라봤다.

그의 얼굴에 드러날 리 없는 표정이라는 게 드러나자 한소진이 흥미로운 듯 세심하게 들여다보며 고개를 끄덕였다.

"네. 솔직히 설영님은 담백님보다는 재미가 없으세요."

빠직—

실제로 소리가 들린 것은 아니었지만, 한소진은 분명히 들렸다. 설영의 이마에서 실핏줄이 돋아나는 소리를.

이상하게 동료인 듯해도 서로를 못 잡아먹어서 안달인 담백과 설영은 보고만 있어도 재미가 있었다.

항상 설영의 설교를 들은 담백이 풀이 죽는 것으로 끝이 나지만, 얼마 지나지 않아 다시 살아난 담백이 설영을 향해 이죽거렸다. 그 모습이 썩 재미있기도 하고, 다 큰 사내 두 명이 투닥대는 모습도 귀엽기도 했다.

또래는 물론이요, 친구라는 걸 가져본 적이 없는 한소진에게 두 명의 행동은 자극이 되기도 했고, 오랜 외로움을 없애주기도 했다.

"흠……."

설영이 고민하기 시작했다.

턱에 손을 괴고 머리를 쥐어짜거나 하며 고민하는 것은 아니었지만, 설영의 미간이 조금 좁혀진 것을 본 한소진은 그가 고민하고 있음을 깨달았다.

항상 무미건조한 목소리와 무표정한 얼굴로 다니는 설영이 말에 고민하자, 그 모습이 상당히 신선하고 재미있던 한소진이 애써 떠오르는 미소를 참아내며 지켜봤다.

한편, 설영은 담백과 자신을 비교했다.

설영은 태어나 지금까지 재미라는 것을 느껴본 적도 없을뿐더러 살기 위해 냉정해져야만 했던 자신의 유년기를 떠올렸다. 어쩌면 자신이 담백보다 재미없는 것이 당연하다고도 생각했다.

'게다가…….'

담백과 설영은 주군인 단서연과 함께 지냈는데, 주군도 말이 상당히 없는 편이었다. 담백도 수다쟁이는 아니었고, 설영은 필요한 말 외에는 하질 않았다. 단서연 역시 말을 많이 하는 편이 아니기에, 세 명이 모여 있으면 정말 필요한 말 외에는 입을 여는걸 본 적이 없었다. 오죽했으면 일주일 내내 서로 한마디도 안 한 적도 있었으니.

'하긴, 그럴 만도 하군.'

설영은 빠르게 인정하기로 했다. 자신보다 담백이 재미있는 걸로.

"그런데 휴식 시간은 이미 지나지 않았나?"

"핫!"

벌떡 자리에서 일어선 한소진이 목검을 손에 쥐었다.

다시 땀을 뻘뻘 흘리며 몸을 움직이는 한소진을 보며 설영이 조용히 고개를 돌려 신강이 있는 곳을 바라봤다.

만약에, 정말 만약에 담백이 정말로 구엽자지선란실을 구해온다면.

신강을 향하던 설영의 시선이 한소진에게로 돌아갔다.

땀을 흘리며 몸을 움직이던 한소진은 설영의 시선을 느끼고는 배시시 웃었다.

'살릴 수… 있을까?'

너무도 순수하게 웃는 한소진을 보며 설영이 주먹을 말아 쥐었다.

*　*　*

"이게 구엽자지선란실이네."

작은 목함에서 작은 주머니를 꺼낸 우 노인이 주머니를 열고 자줏빛의 말린 열매를 보여주었다. 검지손톱만 한 크기의 마른 열매를 보며 담백이 눈매를 가늘게 떴다.

"이게 정말… 구엽자지선란실이요?"

"확실하네! 명색이 약초꾼인데 내 그것을 못 알아볼까?"

몇 번의 투닥거림 후 담백의 신신당부에 예전처럼 편하게 대한 우 노인이 가슴을 펴 보이며 말했다. 그러자 불신

의 눈빛으로 구엽자지선란실이란 말린 열매를 보던 담백
이 주머니를 동여매고 품속에 갈무리해 넣었다.

"어쨌든 고맙소. 잘 쓰겠소."

"아니, 이것밖에 해줄 수 없는 내가 미안하네."

"됐소. 이거면 충분하오."

오로지 약속된 구엽자지선란실만을 가지고 가겠다는 담
백을 보며 우 노인이 고개를 떨구었다. 미안하기도 했고,
고맙기도 했다.

"그런데 왜 구엽자지선란실이 있다는 말은 하지 않은 거
요?"

담백이 불만 어린 얼굴로 묻자 우 노인이 웃으며 말했다.

"하하! 그야 당연히 '구엽자지선란실이, 그 전설에만 나
온다는 영약이 내게 있소!'하면 자네가 강제로 빼앗을까봐
였지!"

장난 어린 미소를 지으며 웃는 우 노인을 향해 담백이 과
연 그렇다는 듯 고개를 끄덕였다. 우 노인이 웃음을 거두
며 조용히 물었다.

"그, 그럴 셈이었나?"

"시간도 없었고, 만약 정말로 구엽자지선란실이 있다고
했으면 그랬을지도……."

"허허……."

"하하……."

담백이 떠난다는 얘기를 들은 마을사람들이 한데 모여

마중 나왔다. 담백은 그럴 필요 없다며 손사래를 치며 완강히 거부했지만, 여러 사람의 뜻은 굽힐 수가 없었다.

"정말 감사드려요. 만약 그때 담 공자님이 안 계셨다면……."

"아, 아니. 그거야 어쩌다 보니……."

첫날 동구에게 몹쓸 짓을 당할 뻔한 여인이 두 손을 모아 감사드리자 이런 일을 겪어본 적이 없던 담백이 당황해하며 고개를 저었다.

"고마워. 형!"

우장이 담백의 소맷자락을 잡으며 외치자, 아이의 머리를 좌우로 헝클어뜨리며 말했다.

"이제야 버릇이 조금 생긴 모양이로구나."

"덕분에."

"이놈이!"

우장과 우 노인과도 인사를 마친 담백이 차웅 마을을 나섰다.

멀어져가면서도 손을 흔들어 주는 마을 사람들의 모습을 차마 지켜보기 민망한 담백이 도망치듯 빠져나왔다. 차웅 마을이 한편의 점으로 보일 정도로 떨어지고 나서야 걸음을 멈추고 시선을 돌려 차웅 마을을 바라봤다.

"이런건 익숙지가 않단 말이지……."

그는 마교인이었다.

누군가에게서 공포를 느끼게 해준 적은 있어도 감사를

받아본 적은 거의, 아니 받아본 적이 전무했다.

하지만 그의 행동에 사람들이 행복해했고, 감사했다.

분명 익숙하지 않은 상황이었고, 낯선 상황이었다.

머리를 긁적이던 담백은 입가에 생긴 미소를 지우지 않으며 하남으로 걸었다.

"이것만 있으면⋯⋯."

품속에서 느껴지는 구엽자지선란실을 꼭 쥔 담백이 발걸음에 힘을 주었다.

* * *

거대한 위용을 자랑하는 하남의 무림맹.

그곳에 도착한 무연이 바삐 움직이는 무림맹 맹도들을 바라보다 천천히 걸음을 옮겼다.

얼마 후 무림맹 지하 감옥에 들렸다가 용천각에 도착한 무연은 느껴지는 적막함에 주변을 둘러보았다.

사람의 온기가 닿지 않은지 꽤 되었는지 용천각은 쓸쓸한 외로움이 느껴질 정도였다.

"왔군."

차가운 여인의 목소리에 고개를 돌려보자 한 여인이 다가왔다. 짧은 흑 단발머리의 사나운 인상을 가진 미녀. 한소진이었다.

"갔던 일은 잘 풀린 거야?"

"그래. 쌍룡문주의 증언서도 받아왔으니 그 죄수는 곧 풀려나겠지."

망덕의 도움을 받아 암수로 위장했던 규주는 최대한 빨리 무림맹의 지하감옥에서 빼내오기로 했다.

그의 무죄가 입증되었고, 암수로 위장시킨 규주를 오랫동안 그곳에 둬서 좋을 것도 없었기 때문이다.

"그럼, 그 독초 때문에 주화입마에 걸렸던 게 아니야?"

"응. 다른 복잡한 사연 때문에 그리된 거였더군."

무연의 말에 고개를 끄덕인 한소진이 무연을 향해 말했다.

"그럼, 지금 출발할거야?"

"되도록이면 빨리 갔다 오는 편이 좋겠지."

무연이 말을 마치자 한소진이 신형을 돌려 자신의 짐을 챙겨둔 크고 두꺼운 주머니를 손에 쥐고 그의 앞에 섰다.

"십만대산은 광동과 광서의 사이에 위치해 있어. 그리고 그곳에 가기 전 만나야 하는 자들이 있어."

"어디로 가야 하지?"

"하남의 북쪽. 한가장으로."

규주에 대한 석방은 일사천리로 이루어졌다.

모두의 시선이 취설객의 자살사건에 쏠려 있는 틈을 타 규주를 지하감옥에서 석방시켰다. 지하감옥에서 발견된 암수의 시신을 이용하여 무림맹에 협조했던 암수가 목숨

을 잃은 식으로 바꾸었다.

계속되는 내부에서의 암살 소식에 무림맹은 경비를 강화하고 내부의 적을 찾아내는데 온 신경을 곤두세웠다.

내부의 경비가 강화된 만큼 혈교의 잔가지가 쉽사리 몸을 움직이지 못하리라 생각한 무연과 한소진은 무림맹을 빠져나와 하남의 북쪽으로 향했다. 이미 대략적인 위치는 설영에게서 들어뒀기 때문에 한소진은 망설임 없이 쭉쭉 걸어 한가장으로 향했다.

* * *

무림맹을 빠져나온지 얼마 되지 않아 저 멀리에 한가장이 보이기 시작했다. 애초에 무연의 발걸음은 범인들이 전속력으로 달려야 따라잡을 만큼 빨랐다. 한소진 역시 이에 못지않게 뛰어난 경신술을 지녔기에 그들은 금세 한가장에 도착할 수 있었다.

"누구십니까?"

정문을 지키던 무인이 눈을 끔벅이며 한소진과 무연에게 물었다. 무연이 품속에서 맹에서 지급받은 은패를 꺼냈다.

"무림맹에서 왔습니다. 한가장의 장주님을 만날 수 있겠습니까?"

"무, 물론입니다. 일단 기별을 넣겠습니다."

문을 지키던 무인 중 한명이 재빨리 안으로 소식을 전하고 얼마 안 가 장주인 한종우가 헐레벌떡 달려와 무연과 한소진을 맞이했다.

"어서 오십시오. 맹에서 오셨다고요?"

"그렇습니다. 들어가도 되겠습니까?"

"무, 물론이지요!"

무연과 한소진을 안으로 들이면서도 한종우는 불안함에 손가락을 벌벌 떨었다. 그 이유인즉 한소진의 이름과 명패를 빌려준 자가 현재 용천단 소속의 무인이 되었다는 것을 알고 있기 때문이다. 만약 그 때문에 한가장에 무림맹의 조사단이 파견되어 온 거라면. 한가장은 일생일대의 위험을 맞이하게 된 것이다.

"그래서 이곳엔 어쩐 일로……."

불안한 눈빛의 한종우가 무연과 한소진을 번갈아 봤다.

눈에 띄게 불안해하는 한종우에 한소진이 입을 열었다.

"한소진이란 여인의 신분 패를 빌려주신 적이 있으시지요?"

"쿨럭!"

접대용으로 내온 차를 마시던 한종우가 한소진의 물음에 연신 기침을 했다. 어지간히 놀랐는지 눈을 동그랗게 뜬 채 기침하던 한종우가 고개를 저었다.

"그, 그럴 리가요."

"숨기지 않으셔도 됩니다. 제가 그 신분패를 쓰고 있는

자니까요."

"아, 그, 그럼 용천단에 들어가셨다던……."

"예. 접니다."

그제야 한소진의 정체를 알게 된 한종우가 깊은 안도의 한숨을 내쉬었다. 한종우가 안도의 한숨을 내쉬고 있을 때 한소진이 물었다.

"이곳에 온 건 다름이 아니라 이곳에 몸을 의탁하고 있는 자들을 만나기 위해서입니다."

"그분들을 말씀이십니까? 그분들은 지금……."

"저기, 누가 오는데요?"

바들바들 떨리는 손으로 목검을 쥐던 한소진은 저 멀리 그들을 향해 다가오는 한 여인과 사내를 발견하고 검을 내렸다. 멀리 그늘진 곳에 앉아 책을 보던 설영은 한소진의 말에 일어서 다가오는 이들을 바라봤다.

"주군?!"

저 멀리 보이는 낯익은 얼굴에 놀란 설영이 바람과 같이 몸을 날렸다.

"설영."

"예! 주군."

바람처럼 나타나 한쪽 무릎을 꿇고 예를 갖추는 설영을 보며 한소진이 주변을 둘러보았다. 아무리 둘러보아도 담백의 모습이나 기운이 느껴지지 않았다.

"담백은?"

"그게 사실은……."

한소진, 아니 단서연의 물음에 설영이 망설였다. 한번도 자신의 물음에 대답을 망설인 적 없던 설영이 처음으로 망설였다. 한소진이 설영을 향해 재차 물었다.

"담백은?"

"현재 신강에 가 있습니다."

"신강?"

설영의 대답에 단서연이 인상을 살짝 찡그렸다.

분명, 설영과 담백에게 내린 명령에 의하면 그들은 단서연과 두 시진 거리에 위치해 있어야 했다.

하지만 신강이라니. 신강이라면 하남과 두 시진은커녕 몇 주 정도는 걸리는 거리였다.

"내 명령을 잊은 게냐. 아니면 담백의 독자적인 행동이더냐?"

"담백은 구엽자지선란실을 구하기 위해 신강으로 향했습니다. 주군께 신분 패를 제공하고 있는 한소진이라는 여인의 생명이 얼마 남지 않아, 그녀를 구하기 위함입니다."

저 멀리 목검을 들고 멀뚱멀뚱 그들을 바라보는 한소진의 모습에 무연이 조용히 말했다.

"오음절맥이군."

무연의 목소리에 설영이 고개를 들어 무연을 바라봤다.

그러다 다시 단서연을 바라봤는데, 단서연은 설영의 시

154

선을 느끼고 그를 향해 말했다.

"괜찮다. 믿을 만한 자이니 경계할 필요 없다."

"예."

"오음절맥이라고?"

단서연이 무연을 향해 묻자 무연이 고개를 끄덕였다.

"구엽자지선란실은 오음절맥에 탁월한 효능을 발휘해. 그 외에 별다른 효능은 없지만 구엽자지선란실이 아직까지도 존재할 줄은 몰랐군."

"있는지 없는지는 모른다. 단지, 조금의 가능성을 위해 신강으로 향했을 뿐."

경계하지 말라는 단서연의 말과는 달리 설영은 무연을 위아래로 훑어보며 경계했다. 단서연이 보증한 사내라 한다지만 설영은 쉽사리 무연을 믿을 수가 없었다.

"담백이 돌아오기까지는?"

"최대한 빠른 시일 내로 돌아온다 했으니 곧 돌아올 겁니다."

설영의 말에 단서연이 무연을 바라봤다.

단서연을 마주 본 무연이 말없이 고개를 끄덕였다. 단서연이 마주 끄덕인 뒤 한소진을 향해 다가갔다.

멀리서 설영과 단서연, 무연을 바라보던 한소진. 단서연이 다가오자 목검을 내려놓고 두 손을 가지런히 모으며 제자리에 섰다.

"네가 한소진이냐?"

다가온 단서연의 물음에 한소진이 고개를 힘차게 끄덕였다.

"네. 제가 한소진입니다."

생각보다 건강해 보이는 한소진의 모습에 단서연이 위아래로 훑어보다 설영을 향해 물었다.

"생각보다 건강해 보이는군."

"내력의 흐름을 제가 인위적으로 도왔습니다. 약해진 신체도 돌보았고요."

"이틀."

한소진을 살펴보던 단서연의 말에 설영이 그녀를 돌아보았다. 단서연이 조용히 말했다.

"이틀간 이곳에서 담백을 기다릴 것이다. 하지만 이틀내로 담백이 돌아오지 않는다면 두고 간다."

"알겠습니다."

말을 마친 단서연이 한소진이 기거하는 별채를 둘러보았다. 생각했던 것보다 별채의 규모가 커서 단서연과 무연이 지내기에는 무리가 없어 보였다.

담백이 돌아오기 전까지는 한가장에서 머물러야 했기에 설영은 단서연과 무연이 머무를 만한 곳을 찾아 그곳에 짐을 풀었다. 무연은 짐이 없었다. 항상 맨손으로 다니는 그였기에 딱히 짐이랄 것도 없었다.

"오……."

문가에 서서 단서연을 몰래 지켜보던 한소진은 그녀의

모습을 보면서 눈을 빛냈다.

한번도 자신 또래의 여자를 만나본 적이 없었다. 이번 기회에 자신과 비슷한 연배인 단서연을 만나게 되어 놀랍기도 하고, 신기하기도 했기 때문이다.

게다가 자신과는 달리 여인의 몸으로도 강함이 느껴지는 모습에 조금은 부러움을 느끼기도 했다. 한참을 몰래 지켜보던 한소진은 급작스레 고개를 돌려 자신을 보는 단서연의 눈빛에 놀라 문 뒤로 신형을 숨겼다.

"하아… 아, 아?!"

신형을 돌려 몸을 숨긴 한소진이 숨을 몰아쉬다가 앞에 선 큰 키의 사내의 모습에 놀라 눈을 동그랗게 떴다. 사내가 조용히 말했다.

"그렇게 놀랄 만한 얼굴은 아닐 텐데."

"아, 죄, 죄송해요. 다른 분들을 뵙는게… 처음이라서."

"놀랄것 없다. 오래 있진 않을 테니."

무연이 한소진을 안심시킬 요량으로 나지막이 말했다. 한소진이 고개를 저으며 말했다.

"아니에요. 싫은게 아니라… 반갑기도 하고, 신기하기도 하고… 그래서."

"태어나서부터 이곳에서 혼자 있던 것이냐?"

"네. 제 병이 어떤 것인지 알 수도 없을뿐더러… 심신을 안정시키기 위해 이곳 별채에서 홀로 지냈습니다."

꽤나 외로운 얘기였지만, 한소진은 애써 담담하게 말하

며 살짝 미소 지어 보였다. 무연은 더는 묻지 않고 한소진의 어깨를 살짝 토닥이며 말했다.

"그래. 일단 놀라게 해서 미안하구나. 편히 있거라. 네게 방해되는 짓은 안 할 테니."

"그, 그렇게 신경 쓰지 않으셔도……."

"이곳의 주인은 너다. 주인답게 행동해도 좋다."

말을 마친 무연이 옆을 스쳐가자 한소진은 고개를 돌려 그의 널찍한 등을 바라봤다. 처음엔 큰 키에 검은 무복을 입은 설영과 비슷한 분위기의 무연을 조금은 무섭게 생각했다. 잠시 얘기를 나누고 나니 마음이 편해졌다.

"하압!"

단서연과 무연이 도착하면서 끊긴 한소진의 훈련이 다시 시작되었다.

잠깐의 휴식을 취한 탓일까. 설영은 강도를 좀 더 높여 훈련을 했다. 평소라면 두시진 만에 끝날 단련이 두시진이 지났음에도 계속되고 있었다.

"체력 단련인가?"

무연의 물음에 설영이 고개를 끄덕이며 답했다.

"오음절맥에 의해 기혈이 많이 약해진 상태다. 몸을 보전하는 진기를 유지하기 위해서는 체력의 단련이 필요해."

설영은 무연의 존재가 탐탁지 않았지만, 그래도 주군의 동료이기 때문에 그의 물음에 성실히 대답해주었다.

"하아! 하아!"

"이제 그만 쉬도록 해."

숨을 거칠게 몰아쉬던 한소진이 검을 쥔 손을 부들부들 떨자 조용히 지켜보던 설영이 한소진의 단련을 멈추었다. 설영의 말이 끝나기 무섭게 한소진은 들고 있던 목검을 내려놓으며 자리에 주저앉았다. 아무리 해도 목검을 들고 하는 단련은 익숙해지지 않았다.

분명 처음보다는 팔뚝이 많이 두꺼워지고 단단해진 것 같기도 한데, 목검의 무게감은 변하질 않았다.

"후우! 후우!"

숨을 몰아쉬던 한소진은 자신과 조금 떨어진 무연의 옆에 앉은 단서연을 바라보다가 설영을 향해 조용히 물었다.

"혹시, 제 신분을 빌려 쓰고 계신 분이……."

"그래. 저분이시다."

"아아, 그럼 정말 무림맹의 용천단원이신가요?"

"그래."

설영의 대답에 한소진이 눈을 반짝이며 단서연을 바라봤다. 그녀가 아버지인 한종우에게 듣기로 무림맹은 입맹하는 것부터가 어려울 뿐더러 용천단은 특별시험을 통과한 이들만 단원이 될 자격을 얻을 정도로 아주 특별한 곳이라고 들었다.

그런 곳에 입단한 자가 자신의 신분을 빌려 쓰는 여인이라 하니 단서연이 새삼스럽게 느껴졌다.

"저분은 강하시겠죠? 여인의 몸으로도?"

"물론이다. 남녀는 물론이요, 나이를 가리지 않고도 저분의 강함은 적수를 찾기 어려울 정도지."

주군에 대한 이야기 때문이었을까. 설영이 보통 때보다 조금은 흥분된 상태로 대답하자 한소진이 고개를 끄덕이며 더욱 놀랍게 단서연을 바라봤다.

항상 무심하기 그지없는 설영이 이리 말할 정도라면 그녀가 생각하는 것 이상으로 대단한 여인일 터였다.

"그럼 옆에 계신 분은 누구시죠?"

한소진의 물음에 설영이 눈매를 가늘게 좁히며 무연을 노려보았다.

"글쎄, 주군의 동료인 것 같다만. 누군지는 모르겠군."

"아아……."

무연을 노려보는 설영. 단서연과 무연의 모습이 마음에 들지 않았다. 평소라면 홀로 조용히 앉아 있을 단서연이 무연의 옆에 앉아 있는 것도 의아했는데, 그와 간간히 얘기를 나누기도 하는 것이다. 설영은 단서연의 그런 모습이 너무도 자연스럽고 편안해 보였다.

'대체 저자는 누구기에 주군이 저리도 편히 대한단 말인가?'

의아한 일이었다.

"그래서 어쩔 셈이야. 말했다시피 신교 안으로 들어가는

160

건 문제 될것이 없다. 하지만 그 이후가 문제야."

"마교 안으로 들어가기만 하면 돼."

"정보가 담겨 있는 곳은 아무나 들어갈 수 없어."

"알아."

알고 있다는 무연의 말에 단서연이 고개를 저었다.

무연의 속내를 알 길이 없고, 어떤 계획을 가졌는지도 몰랐다. 하지만 그리 큰 걱정이 되지는 않았다.

무연이라면 어떻게든 방법을 찾아낼 수 있을 거라는 믿음이 어느새 단서연의 안에 자리 잡기 시작했다.

"그럼, 후에 자료를 찾아내면 어떻게 할 셈이야?"

"골라내야지. 혈교와 가담한 자들을."

"그런 후엔?"

무연은 대답 대신 단서연을 보며 살짝 미소 지었다. 비록 대답을 듣지는 못했지만, 단서연은 고개를 끄덕였다.

미소로 대신한 무연의 대답이 어떤 것인지는 단서연도 알 것만 같았다.

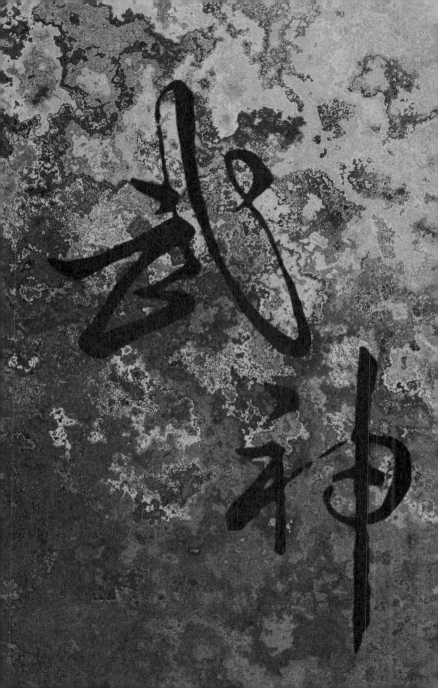

화산(華山)

　섬서성 회음현에 위치한 화산(華山)의 서쪽. 연화봉 정상에 화산파가 있었다.

　붉은 홍매화가 저물어 봄의 화산파만큼 아름답지는 않았지만, 홍매화가 만개하지 않았음에도 웅장하고 아름다운 연화봉의 모습에 화산파를 처음 방문한 용천단원은 입을 살짝 벌린 채 전경을 돌아보며 감탄했다.

　"이곳이 화산파입니다."

　화산파에 도착한 화설중의 표정은 살짝 굳어 있었다.

　보통 때라면 자신의 고향이자 사문인 화산파에 왔다는 사실만으로도 기뻤을 테지만, 오게 된 목적이 달라서일

까. 화설중은 사뭇 긴장된 표정으로 화산파의 정문을 바라
봤다.

"음? 설중이 아닌가?"

"오, 화설중이 화산파엔 무슨 일인가?"

정문을 지키고 있던 화산파의 무인들이 화설중을 알아보
고 말을 건네왔다. 화설중이 굳었던 표정을 풀고 미소 지
은 얼굴로 화산파의 무인들에게 다가갔다.

"오랜만입니다."

"그래. 그나저나 무슨 일이야? 네가 이 시기에 사문을 찾
아오고?"

"하하. 오랜만에 사형들도 뵙고, 스승님도 찾아보기 위
해서 왔습니다."

"흐음. 그런데 뒤쪽에 계신 분들은?"

무인의 물음에 화설중의 뒤쪽에 서 있던 도원이 앞으로
나서며 말했다.

"도원일세."

"패, 패왕도 도원님이십니까?!"

도원의 이름을 들은 화산파의 무인이 놀라며 서둘러 포
권지례를 올렸다. 그 모습에 도원이 손을 휘휘 저었다.

"그리 예를 갖출 필요는 없네. 어디까지나 손님으로 왔
으니."

"아닙니다. 이리 도원님을 직접 만나 뵙게 되어 영광입
니다."

화산파의 무인이 정중히 예를 갖추어 도원을 맞이했다. 도원의 뒤에 멀뚱히 서 있던 용천단원들이 살짝 놀란 얼굴로 바라봤다. 그동안 용천단의 단주로서 통솔이나 관리의 역할을 할 뿐 별다른 존재감을 내보이지 않았지만 도원 역시 정사대전의 영웅 중 한명이었다.

"단주님. 대단하신 분이었네요?"

장현이 놀란 듯 말하자 옆에 서 있던 우윤섭이 고개를 끄덕이며 대답했다.

"그야 물론 대단하신 분이지. 정사대전의 영웅이시자 무림맹의 도왕이라 불리는 패왕도이시니까."

"아아……."

장현과 장혁이 고개를 같이 끄덕이며 새삼스러운 눈으로 도원을 바라봤다. 도원과 화설중을 알아본 화산파의 무인들이 굳게 닫혀 있던 정문을 열어주었다. 도원을 비롯한 용천단원과 화설중 일행이 화산파의 장원에 들어섰다.

* * *

"요즘 위명을 떨치고 있는 용천단의 단주님께서 저희 화산파엔 무슨 일이십니까?"

화산파의 현 장문인인 혁우린의 물음에 대접받은 차를 마시던 도원이 향긋한 내음을 깊이 음미한 후 찻잔을 내려놓았다.

"별일 아닙니다. 장문인께서도 최근 하북팽가에서 벌어졌던 좋지 못한 사건들을 알고 계시지요?"

"물론입니다. 오대세가 중 한곳인 하북팽가에서 벌어진… 혈교와 관련된 사건 아닙니까?"

"맞습니다."

도원의 말이 끝나기가 무섭게 혁우린이 살짝 매서워진 눈빛으로 도원을 응시했다.

"그런 일이 벌어진 후… 화산파에 용천단원들과 함께 찾아온 이유라도 있는지요?"

조심스럽고 부드러운 물음이었지만, 도원은 혁우린의 말속에 가시가 돋아 있음을 알아차렸다. 비록 겉으로 드러내고 있지는 않았지만, 혁우린이 용천단의 방문을 상당히 불쾌하게 느끼고 있음을 알고 있었다.

'대문파의 자존심과 같지.'

화산파는 구파일방 중 한곳으로 중원과 정파무림을 대표하는 대문파였다. 역사와 전통이 깊은 곳이기도 하며, 그만큼 가지고 있는 자긍심도 대단했다.

"따로 화산파를 추궁하고자 온 것은 아닙니다. 하북팽가에서 이루어졌던 무인수행이 제대로 이루어지지 않은 것 같아 별도로 몇몇 무인들이 화산파로 무인수행을 온 것입니다."

"천소단원들의 방문에 대해서는 미리 언질을 받아 알고 있었습니다만, 용천단은……?"

"그들의 보호자라 할 수 있지요. 아직 용천단원이 된 지 얼마 되지 않아 경험이 부족한 단원들에겐 화산파와 같은 대문파를 견식하는 것만으로도 엄청난 경험이 될 것이고, 천소단원들에겐 하북팽가에서 끝내지 못한 무인수행을 마무리 지을 수 있는 좋은 기회가 될 것입니다."

도원의 대답에 혁우린이 조용히 도원을 응시했다.

도원도 지지 않고 혁우린의 눈을 응시했다.

그렇게 보이지 않는 기 싸움이 잠시간 이뤄진 후 혁우린이 조용히 고개를 끄덕였다.

"알겠습니다. 말씀해주신 것들이 목적이시라면 저희 화산파도 마다할 이유가 없지요."

미소 띤 얼굴로 고개를 살짝 끄덕이는 혁우린의 모습에 도원이 마주 고개를 숙이며 말했다.

"이해해주시니 감사할 따름입니다."

대화를 마치고 접객실을 나서는 도원의 뒷모습을 가만히 응시하던 혁우린이 이제는 식어버린 차를 단숨에 들이켠 후 자리에 일어섰다.

'혈교라…….'

알 듯 모를 듯한 표정으로 창밖을 내다보던 혁우린이 신형을 돌려 본당으로 향했다.

* * *

"이제 저희는?"

혁우린과의 대화를 마치고 돌아온 도원을 향해 운현이 조심스레 물었다. 운현 일행은 대충 자신들이 화산파에 온 이유를 도원에게 들어서 알고 있었지만, 막상 도착하니 화산파의 거대한 위용에 쉽사리 몸을 움직일 수가 없었다.

"너희는 그저 무인수행을 온 것처럼 행동하면 될 것이다. 나머지는 나와 용천단원이 할 것이니."

"알겠습니다."

"저희의 도움은 필요 없으십니까?"

화설중의 물음에 도원이 화설중을 바라봤다.

자신의 사문을 감찰하러 나온 도원을 조금이라도 경계하기 마련이건만 화설중은 적극적으로 나서 도우려 했다.

"아직은 화산파의 전체적인 동향을 살펴봐야 하니 너 역시 무인수행을 나온 것처럼 행동하면 된다."

"혹시, 제 사부님의 도움은 필요 없으신가요?"

화설중과 도원의 대화를 가만히 듣고 있던 화설이 앞으로 나서면 말했다. 도원이 화설을 향해 의아한 표정으로 물었다.

"사부님?"

"예. 이래 뵈도 화산파에서 힘 좀 쓰시거든요."

"네 사부님이 혹시……."

"화산제일검 장사혁님이십니다."

말이 끝나기 무섭게 도원이 눈을 동그랗게 뜨고 화설을

바라봤다.

장사혁. 화산제일검이자 정사대전에서 혁혁한 공을 세워 도왕이라 불리는 자신조차 함부로 대할 수 없는 무인.

검신(劍神) 송월과 검을 섞을 수 있는 몇 안 되는 자였으니 장사혁의 수준과 위명은 굳이 말하지 않아도 알 법했다.

"정말로, 네 사부님이 장사혁님이시란 말이냐?"

"네. 필요하시다면 말씀드려보겠습니다."

"아니다. 내가 직접 찾아뵈어야겠구나. 도와줄 수 있겠느냐?"

"네."

연화봉의 끝자락에 위치한 연화루.

봉우리 아래에 작게 마련된 장사혁만의 공간으로, 다른 이들은 함부로 발도 들일 수 없는 금역과 같은 곳이었다.

그런 금역에 한명의 젊은 여인과 중년 남성이 모습을 드러냈다.

"사부님."

연화루에서 조용히 차를 음미하던 장사혁이 화설을 발견하고는 얼굴을 밝게 하며 자리에서 일어섰다.

"설이구나."

"계셨네요. 홍매화가 짙게 피어 있을 때를 제외하고는 안 내려오시니 걱정했어요."

"설이와 설중이가 온다 하여 미리 연화루에 머물러 있었단다."

품에 살짝 안긴 화설이 밝게 미소 지으며 장사혁을 올려다보다 금세 빠져나와 도원을 그에게 내어 보였다.

"이쪽은 무림맹 용천단의 단주인 도원님입니다."

"얘기는 많이 들었다네. 내가 장사혁일세."

"화산제일검을 뵙습니다."

포권지례와 함께 도원이 허리를 깊숙이 숙였다.

스승이나 공경해야 할 웃어른에게나 보일 법한 정중한 인사에 장사혁이 손을 휘휘 저었다.

"그리 예를 갖출 필요 없네."

"아닙니다. 어찌 화산파의 가장 큰 어르신 앞에서 예를 갖추지 않는단 말입니까."

"흘흘!"

부담스러운 듯 손을 휘휘 젓던 장사혁이 조용히 도원을 바라보다 연화루의 비어 있는 자리에 손짓했다.

"이곳에 앉게나. 간단한 얘기는 아닐 것 같으니."

"아, 예……."

마주 앉은 도원을 향해 장사혁이 찻주전자를 들었다. 화설이 얼른 찻주전자를 장사혁에게서 빼앗아들며 말했다.

"제가 대접하겠습니다."

찻주전자를 손에 든 화설이 장사혁의 잔에 먼저 차를 부은 뒤, 도원의 찻잔에 차를 따라주었다.

그런 화설의 모습을 흐뭇하게 바라보던 장사혁이 고개를

돌려 도원을 향해 입을 열었다.

"그래. 이곳에 온 목적이 있겠지?"

"예. 죄송한 말씀이지만… 혹시 하북팽가의 일을 알고 계신지요?"

"이 자리에 앉아 있다 보면 듣기 싫은 이야기들도 듣게 되는 법일세."

고개를 끄덕인 장사혁을 향해 도원이 고개를 살짝 숙인 뒤 말했다.

"사실 혈교가 직접적으로 모습을 드러낸 것이 하북팽가 때가 처음이었고, 무림맹은 혈교의 존재를 알지 못했습니다. 그 외에도 혈교는 중앙표국에도 손을 뻗었고, 무림맹 개방지부장이었던 취설객이 혈교와 연루되어 있었습니다."

이어지는 도원의 말에 장사혁의 표정이 점점 굳어져 갔다.

오대세가의 한곳인 하북팽가. 그리고 중원에서도 이름을 떨치던 중앙표국. 구파일방의 한 곳인 개방.

중원에서 힘 좀 쓴다는 대문파와 대표국에 혈교의 잔가지가 뻗쳐 있었다는 것은 쉬이 넘길 만한 사안이 아니었다.

"화산파도 어쩌면 혈교의 잔가지가 뻗쳐 있을지도 모른다는 겐가?"

"이런 말씀을 드려도 될지는 모르겠으나… 없다고 단정

지을 순 없습니다."

도원이 잠시 망설이며 대답했다.

앞에선 노인은 화산제일검이자 화산파의 웃어른이었다.

비록 지금은 은거하여 대외적으로 화산파를 위해 나서고 있지는 않았지만, 결국 화산파는 장사혁의 집이자 고향이었다. 그런 곳을 의심하고 있다는 말은 장사혁에게 어찌 보면 모욕일 수도 있었기에 도원은 조심스럽게 그를 살폈다. 도원의 말에 잠시 생각에 잠겨 있던 장사혁이 조용히 읊조렸다.

"어쩌면 형님이 말한 곳이……."

과거 송월과 했던 대화를 떠올리던 장사혁이 도원을 바라봤다.

"혹, 용천단에 무연이라는 자가 있는가?"

"예. 있습니다. 지금은 용천단의 부단주입니다."

"그렇군."

장사혁에게서 의외의 이름이 나오자 도원이 살짝 놀란 기색으로 그를 바라봤다. 무연의 존재나 과거는 무림맹의 정보조직도 알아내지 못할 정도로 어둠에 가려져 있었다.

장사혁이 무연에 대해 알고 있었던 것이다.

"무연을 알고 계십니까?"

고개를 젓는 장사혁의 모습에 화설과 도원이 의아한 표정으로 바라봤다. 무연이라는 이름과 그가 어디에 속해 있는지는 알고 있었지만, 정작 그에 대해서는 모른다는 장사

혁의 모습이 의아했기 때문이다. 그들의 의아한 모습을 보던 장사혁이 미소 띤 얼굴로 말했다.

"나는 그 녀석을 만난 적이 없어서 말이야. 하하!"

"아아……."

사실, 장사혁은 무연을 만나본 적이 없었다.

이름과 누구의 제자인지, 또 어떻게 생겼는지 잠깐 봤을 뿐 직접적으로 무연을 만나 대화를 나눠본 적은 없었다. 그래서일까. 돌연 무연에 대해 궁금증이 동한 장사혁이 도원을 향해 눈을 빛내며 물었다.

"그래. 무연이란 녀석, 어떤가?"

"어떠냐니… 무공 수준을 물어보시는 겁니까?"

"그냥 무연의 전체적인 모습이 어떠냐는 걸세. 자네가 부단주를 시킬 정도면 보통 녀석은 아니겠지?"

장사혁의 물음에 잠시 무연에 대해 생각하던 도원이 옅은 미소와 함께 대답했다.

"조금 신기한 녀석입니다. 부끄러운 말이지만 그 녀석의 수준은 저도 알 수 없습니다. 사실 하북팽가에서 혈난(血亂)을 막아낸 것은 저와 용천단이 아닌 무연이었습니다. 무연이 아니었다면, 하북팽가에서 혈교의 존재를 알아낼 수 없었을 겁니다."

"호오?"

"게다가 멸문의 문턱에 선 하북팽가를 구한 것도 무연이었습니다. 그는 하북팽가에 강시를 조달한 중앙표국의 표국주 구주양을 잡아왔습니다. 덕분에 혈교와 공조하던 무림맹 개방지부장을 잡아들이기도 했죠."

짧은 시간동안 무연이 해낸 것을 들은 장사혁이 담담히 고개를 끄덕였다.

그에 반해 화설은 놀란 듯 도원의 말을 듣고 있었다. 무연이 해낸 일들을 들을 때마다 놀란 듯 눈을 끔벅이거나 살짝 감탄사를 내보이기도 했다.

"혼자서 해낸 건가요?"

화설의 물음에 도원이 고개를 저었다.

"물론 혼자 한 것은 아니지. 한소진이라는 용천단원과 함께했단다. 하지만 확실한 것은 무연이 아니었다면 이 모든 것을 알아낼 순 없었겠지."

무연이 대단한 자인 것은 알고 있었지만, 이렇게 그가 해낸 일들을 직접 듣자 화설은 새삼스럽게 무연에 대해 감탄했다. 그동안 그처럼 단신으로 모든 일을 수행해낸 사람은 없었기 때문이다.

"그러고 보니 무연이라는 녀석은 이번에도 다른 곳에 가 있는 겐가?"

"한소진과 함께 알아볼 것이 있어서 따로 움직이고 있습니다."

"그를 상당히 신뢰하고 있군?"

"믿을 만한 자입니다."

찻잔을 든 장사혁이 흐뭇하게 미소 지었다. 자신과는 아

무 관련 없는 무연의 칭찬에 괜스레 기분이 좋았다.

무연은 그를 떠올리게 했다.

무소월.

송월의 벗이자 무신이라 불리던 중원의 최강자.

"주제가 벗어났군. 내 잘못이야. 이래서 늙으면 오락가락한다니까. 하하!"

자신의 머리를 톡톡 치며 쾌활하게 웃는 장사혁에 화설이 살며시 그의 손에 자신의 손을 얹었다.

미소를 지어주는 화설을 보며 장사혁이 웃으며 그녀의 머리를 쓰다듬었다.

"아직 정정하신걸요? 게다가 약조하신 거 잊지 않으셨죠?"

"물론이지. 우리 설이가 초절정의 여고수가 되어 중원을 호령할 때까지는 정정해야지!"

"맞아요!"

서로를 보며 아름답게 웃어 보이는 화설과 장사혁의 모습에 도원은 저도 모르게 입가에 미소가 생겨났다.

아주 훌륭한 사제지간이라 할 수 있는 둘의 모습을 보던 도원이 화산파를 내려다보았다.

연화루에서는 화산파의 장원이 한눈에 들어왔다. 거대한 위용과 홍매화가 수놓아진 붉은 무복을 입고 수련을 하는 많은 무인들이 눈에 띄었다.

전통과 역사가 깊은 구파일방인 화산파. 이렇게 멀리서

화산파를 내려다보니 도원은 살짝 후회가 되었다.

'화산파로 온 것은 실수였는가…….'

그 어디에도 화산파에 혈교가 스며들 만한 공간이 보이지 않았다. 그만큼 화산파는 활기차고 생기가 넘쳐났으며, 서로 간의 신뢰가 튼튼히 쌓여 있어 보였다.

"그래서 내가 무엇을 도와주면 되겠는가?"

잠시 사색에 빠져 있던 도원이 장사혁을 바라보았다. 어느새 미소를 지우고 진중한 얼굴을 한 장사혁의 모습에 도원이 고개를 살짝 숙이며 말했다.

"저와 용천단이 이곳에 온 것은 무인수행을 나온 천소단원의 보호를 위해서입니다. 물론… 표면적으로는 그렇지요."

"실상은 화산파에 대한 감찰을 위해서겠지. 안 그런가?"

"맞습니다. 이는 화산파의 수뇌부도 알고 있겠지요."

"흠, 내 도움이 필요한 것은 감찰에 대한 도움인가?"

고개를 끄덕인 도원이 조심스레 말했다.

"아무래도 저와 용천단의 행동반경엔 제약이 생길 것입니다. 어찌 보면 당연한 것이지만 혈교의 잔가지를 드러내기 위해서는 화산파의 깊숙한 곳도 뒤져봐야 합니다. 하지만 외지인인 데다 감찰단의 단주인 제가 함부로 나설 수도 없습니다."

그의 말에 장사혁이 옳다는 듯 고개를 끄덕이며 수긍한 뒤 고개를 돌려 화산파를 내려다보았다.

평생을 몸담은 곳이었다.

혈교의 잔가지가 있을지도 모른다는 전제하에 감찰한다는 것은 화산파를 의심하는 행동이었다.

정파무림의 한축이자 대문파, 오랜 전통과 역사를 지닌 화산파가 중원의 위협이 되는 혈교와 손을 잡았다는 말이었으니 불쾌할 만도 했다.

"내 도와줌세."

"아, 감사합니다."

하지만 장사혁은 도원을 돕기로 했다. 장사혁은 우매하지 않았고, 무엇이 화산파를 위한 길인지 알고 있었다.

의심에서부터 시작한 감찰은 불쾌할 만도 했지만 정말로 혈교가 화산파에 잔가지를 뻗었다면, 그를 도려내는 것 역시 제일 어른인 자신이 해야 한다고 생각했다.

"오랜만의 나들이구나."

은거에 들어가 연화루 외에는 모습을 드러내는 적이 거의 없는 화산의 웃어른이자 화산제일검 장사혁이 자리에서 일어섰다.

"안내해주겠느냐?"

장사혁이 장난스럽게 손을 내밀자 화설이 웃으며 그의 손을 잡아주었다.

"물론이죠."

빙긋 웃으며 장사혁의 손을 조심히 쥔 화설과 도원이 장사혁과 함께 연화루를 내려섰다.

"장사혁님이 연화루를 내려와 화산파로 오고 계신다고
합니다."

"뭐라?"

업무를 보고 있던 혁우린이 자리를 박차고 일어섰다.

화산제일검이 가지는 무게는 결코 가볍지 않았다.

혁우린뿐만 아니라 화산파에 머무르고 있던 12장로들
중 맹에 파견된 장로들을 제외한 9명의 장로들이 급히 본
당으로 향했다. 장사혁의 하산은 비단 장문인과 장로들에
게만 특별한 것이 아니었다.

화산파의 무인들은 자신들의 우상이라 할 수 있는 장사
혁이 하산했다는 소식에 하나둘씩 본당 근처로 모였다.

"장사혁님이 하산하셨다는 게 사실이야?"

"사실이라니까! 지금 화설과 함께 내려오고 있다는군,
그래."

"허! 정말로 내려오실 줄이야!"

홍매화가 만개하는 봄이 올 때가 아니면 연화루에도 모
습을 드러내지 않는 장사혁이 드디어 화산파로 내려왔다.
장사혁은 자신을 보기 위해 모여든 무인들을 미소 띤 얼굴
로 잠시간 돌아본 후 본당으로 들어섰다.

본당으로 들어서자 앉아 있던 혁우린과 9명의 장로들이
급히 일어서서 장사혁을 맞이했다.

"화산제일검을 뵙습니다!"

"화산제일검을 뵙습니다!"

우렁찬 목소리가 본당을 가득 울렸다.

정중히 포권지례를 올리며 인사하는 장문인과 장로들의 모습에 장사혁이 손을 휘휘 저었다.

"그러지들 말게. 늙은이 간 떨어지겠네."

"이쪽으로 앉으시지요."

혁우린이 중앙에 위치한 가장 큰 의자를 가리키자, 장사혁은 고개를 저으며 구석진 곳에 위치한 의자에 몸을 앉혔다.

"되었네. 장문인은 자네야. 그 자리는 장문인의 자리일세."

"하지만 장사혁님은 화산파의 제일 큰어르신입니다."

"잠깐, 몇 마디 하러 온 거니 그리 예를 갖출 필요는 없네."

몇 마디 나누러 왔다는 말에 혁우린이 장사혁의 뒤를 따라 들어온 도원과 장사혁을 번갈아 봤다.

대강 어찌하여 장사혁이 연화루에서 내려왔는지 짐작한 혁우린이 도원을 노려보았다. 은근한 기세를 흘려 노려보는 혁우린에 도원은 담담히 그의 기세를 받았다.

"장로들은 다 모인 겐가?"

장사혁의 물음에 혁우린이 고개를 숙이며 답했다.

"네. 무림맹으로 파견 나가 있는 세명의 장로를 제외한 아홉명의 장로가 모두 모였습니다."

"그렇군. 내가 은거 중에 내려온 이유는 다름이 아니라 혈교라는 모종의 단체 때문이라네."

"아… 네."

장사혁의 입에서 혈교라는 말이 나오자 혁우린 굳은 표정으로 바라봤다. 장사혁은 혁우린을 바라보다 아홉명의 장로들을 하나, 하나 살펴보았다.

"그럴 일은 없을 거라 생각하지만 혈교는 하북팽가에서도, 개방에서도, 표국에서도 발견되었네. 그곳이 대문파였든, 이름 있는 표국이었든 관련 없이 혈교의 잔가지가 나왔지."

"그렇습니다."

"그럼, 묻겠네. 현 화산파의 장문인 혁우린."

"물어보십시오."

부드러운 표정을 짓던 장사혁이 천천히 기세를 끌어올렸다.

우우우웅──

넓고 커다란 본당의 건물이 떨려왔다.

기세를 온전히 받고 있는 것도 아니었는데 도원은 두손과 두발이 떨려옴이 느껴졌다.

'엄청난 기세와 존재감……!'

화산제일검이라는 별호는 거저 얻은 것이 아님을 증명하려는 듯 어마어마한 기세를 끌어올린 장사혁이 무표정한 눈으로 혁우린을 바라봤다.

"우리 화산파엔 혈교가 없다고 자신할 수 있는가?"

혁우린이 장사혁을 바라봤다. 당혹감과 의아함이 섞인 표정이었다. 마치 '지금 화산파를 의심하시는 겁니까?'하고 묻는 듯했다. 여전히 장사혁은 무표정한 눈으로 혁우린을 응시하고 있었다. 진실을 말하라는 것이다.

"없습니다."

잠시 생각에 잠겨 있던 혁우린이 고개를 저으며 단호하게 말했다.

"장담할 수 있는가?"

"없습니다. 장담할 수 있습니다. 화산파는 어떤 식으로든 혈교와 엮이지 않았습니다. 물론 잔가지가 뻗쳐 있을 리도 없습니다."

혁우린의 단호한 대답에 도원이 주변을 살폈다.

장로들 역시 장사혁의 물음에 당황한 듯싶었지만, 이내 단호한 표정으로 그를 바라보고 있었다. 그들의 모습을 천천히 응시하던 도원이 입술을 살짝 깨물었다.

'좋지 않다. 오히려 행동에 제약이 생길지도 모르겠구나.'

장사혁이 기세를 올려 압박했지만, 혁우린은 담담하게 그리고 단호하게 혈교와 화산파는 아무런 관련이 없다고 못을 박았다. 장사혁에게 마저 그리 말했으니 이제 도원과 용천단은 더 이상 화산파를 추궁할 명분도 없어졌을 뿐더러, 함부로 행동할 수도 없게 되었다.

만약 이대로 감찰을 한다면 장사혁과 혁우린을 반하게 되는 것이기 때문이다. 게다가 장사혁이 이렇게 나섰으니 정말로 만약 혈교의 잔가지가 있다 하더라도 이번 이후로 모습을 감출게 뻔했다.

"그렇다면 좋다. 용천단의 감찰을 허가하마. 오늘부터 화산파는 용천단주인 도원에게 모든 협력을 다할 것을 약속하며 지금부터 어떤 정보나 장부도 수정하거나 은폐하려 해선 안 될 것이다."

그 말이 끝나기가 무섭게 혁우린과 화산파 장로들의 놀란 시선이 장사혁에게 향했다. 도원마저 놀란 듯 장사혁을 바라봤다. 그만큼 장사혁의 말은 파격적이었다.

"하. 하지만 용천단주는 외부인입니다. 그런 자에게 화산파의 모든 자료를 내어주시라니……."

"뭐, 문제라도 있는 겐가?"

무슨 문제 있냐는 듯 물어오는 장사혁의 말에 혁우린이 눈동자가 흔들렸다.

"자네 말에 의하면 화산파엔 혈교가 없는것 아닌가?"

"맞…습니다."

"그렇다면 아무런 문제가 되지 않는것 아닌가?"

"하지만……."

머뭇거리는 혁우린의 모습에 장사혁이 도원을 바라보며 말했다.

"대신 자네도 약속해주게. 모든 감찰 내용은 혈교가 주가 되어야 할 걸세. 그 외에는……."

"알겠습니다. 이번 감찰로 얻게 되는 정보나 자료들은 온전히 혈교를 찾는데에만 사용될 것이며 혈교와 관련 없는 자료나 정보들로 화산파가 피해를 입는 일은 없도록 하겠습니다."

"되었나?"

주먹을 강하게 말아쥔 혁우린이 장사혁과 도원을 번갈아 바라보다 마지못해 고개를 끄덕이며 대답했다.

"알겠습니다. 대신 기간은 이주로 한정하겠습니다. 정보와 자료의 수정이 불가하니 그 정도는 이해해주셔야 합니다."

"알겠네. 그리하지."

장사혁과 도원이 본당을 빠져나가자 장로 중 한명이 격분하며 외쳤다.

"아니, 어찌 저희에게 이럴 수 있단 말입니까? 외부인에게 모든 정보와 자료를 제공하라니요? 제아무리 혈교의 일이 중하다고는 하나! 이것은……!"

"맞습니다! 외부인에게 화산파의 모든 것을 맡기라고 하다니! 아무리 장사혁님이라 하더라도 너무한 것 아닙니까?"

장로들이 격분하며 하나둘씩 목소리를 높이자 혁우린이 손을 들어 진정시켰다.

"그만하게. 장사혁님의 말씀이야. 거부할 수 없네."

"하지만……!"

"그만! 혹시나 이중에 혈교와 손을 잡은 장로가 있는 겐가?"

혁우린이 천천히 장로들을 돌아보았다. 서로 목소리를 높이던 장로들은 혁우린의 물음에 조용히 입을 다물었다.

장로들이 입을 다물고 조용히 있자 혁우린이 작은 한숨을 내쉰 뒤 말했다.

"진정하게. 도원이라는 자가 장사혁님과 약속했듯 이번 감찰로 무엇을 알아내던 혈교와 관련 없는 내용으로 우리가 피해를 보는 일은 없을 걸세."

하지만 혁우린의 말에도 장로들이 웅성대자 그가 강하게 탁자를 내리쳤다.

"왜? 떳떳하지 못한가? 화산파의 장로들은 하늘 아래에 떳떳하지 못하냔 말이야?"

"그런건 아니지만……."

"그럼 무엇이 문제인가? 혈교와 엮인 적도 없고! 부정부패를 저지른 것이 아니라면 무엇이 두려워서 떠들고 있는 겐가!"

부서질 듯 탁자를 치며 말하는 혁우린의 말에 장로들이 입을 다물었다. 서로 눈치를 보고는 있으나 어느 한명도 혁우린의 말에 반박하지 못했다.

"모두 각자의 자리로 돌아가시게. 그리고 용천단주인 도

원이 요구하는 자료나 정보들은 아무 말없이 내어주어야
할 걸세."

"정말로 그리해야 합니까?"

"이제는 도원이라는 자만의 문제가 아닐세. 우리의 약조
에는 장사혁님도 함께 계셔. 이대로 도원이라는 자에게 협
력하지 않는다면 그건 장사혁님의 뜻에 반하는 것일세."

"알겠…습니다."

혁우린의 말을 듣고 장로들이 자신들의 자리로 모두 돌
아갔다. 홀로 남은 혁우린이 한숨을 길게 내쉬고 손깍지를
끼며 생각에 잠겼다.

'화산의 모든 자료와 정보라…….'

문파는 홀로 운영되는 것이 아니었다.

그것은 화산파도 마찬가지였다. 드넓은 장원과 수많은
소속 무인들을 먹이고 재우기 위해서는 금전이 필요했다.

그렇기 때문에 대문파들은 여러 사업체를 가지고 있었
다. 화산파 역시 많은 사업체를 가지고 이들을 통해 금전
을 벌어들였다. 가장 큰 사업 중 한곳이 섬서의 많은 돈을
가진 가장이나 세가들을 통한 무인수행비였다.

화산파는 대문파답게 섬서에서도 가장 유명한 문파로 손
꼽혔다. 돈이 많은 가장이나 세가들은 웃돈을 주고 화산파
에 무인을 맡겼다.

화산파는 이들을 특별무인으로 취급하여 양성하는데,
이렇게 양성한 무인들은 자신의 가장이나 세가로 돌아가

이름을 떨치는 무인이 되는 것이다.

그러면 화산파에서 성장한 무인이 본래의 가장이나 세가의 이름을 드높여주니, 많은 가장이나 세가에서 화산파에 무인을 맡기기도 했다. 그 외에도 이따금씩 타 문파에서 무인 양성을 맡기기도 했다. 이는 문파의 이름을 떨치기 위한 무인을 양성시키기 위해서였다.

이렇듯 화산파는 여러 가장이나 세가 혹은 문파에서 온 무인들을 양성하고 돈을 받기도 했고, 상단과 연계하여 보호를 해주거나, 화물 운송을 도와주고 돈을 받았다.

문파 자체적으로는 돈을 벌 수단이 없었기 때문에 하는 사업들인데, 이 과정에서 크고 작은 비리들이 존재했다. 물론 장문인인 혁우린도 이 사실을 알고 있었지만, 문파의 생존을 위한 것이기 때문에 애써 모른 척하고 있었다. 하지만 도원이 화산파를 감찰하게 된다면 그런 모든 비리를 알게 될 것이다. 그렇기에 외부인의 감찰에 대해서 장로들이 민감하게 받아들인 것이다.

'그뿐이면 다행이련만⋯⋯.'

이를 알았기에 장사혁도 도원에게 혈교와 관련 없는 내용으로 화산파가 피해를 입어서는 안 된다는 약조를 한 것이다. 혁우린이 답답한 것은 비단 그 때문만이 아니었다.

"혈교⋯⋯."

역시 가장 큰 문제는 혈교였다.

혁우린은 화산파에 혈교가 없을 거라는 확고한 믿음을

가지고 있었지만, 만에 하나 혈교의 잔가지가 발견된다면 엄청난 피해가 올 것이 뻔했다. 일단 화산파가 행하고 있는 모든 사업체에 피해를 받을 것이다. 이는 화산파의 수입에 큰 영향을 끼칠 것이 뻔했다.

그 예로 하북의 패자로 불리던 하북팽가는 현재 자금난에 시달리고 있었다. 이는 하북팽가에서 혈교의 잔가지가 발견되었다는 소식이 퍼지면서 그들의 사업에 큰 타격을 입었기 때문이다.

"그럴 린 없겠지만 만에 하나라는 것이 있으니……."

손에 깍지를 낀 채 눈을 감고 고심하던 혁우린이 자리에 일어섰다.

"만약 혈교의 잔가지가 뻗쳐 있다면 내 손에서 끝내야 한다."

* * *

"무리하셨습니다."

"이보다 좋은 방법이 있겠는가?"

웃으며 묻는 장사혁에 도원이 고개를 저었다.

장사혁이 본당에서 명한 것은 도원이 보기에도 상당히 파격적이었다. 도원 역시 문파가 어떤 식으로 운영되는지 알고 있었기에 혁우린과 장로들의 놀란 표정과 말도 안 된다는 입장도 이해가 되었다.

하지만 장사혁의 말대로 이보다 좋은 방법은 없었다.

화산파의 모든 자료와 정보를 얻을 수 있고, 무조건적인 협조를 얻어내었다. 게다가 자료의 수정이나 은폐도 불가했으니, 지금보다 감찰하기 좋은 조건은 없었다.

"하지만 이번 일로 장사혁님이 많은 원성을 듣게 되실 겁니다."

"하하! 이 늙은이야 욕을 먹으면 더 오래 살고 좋지 않겠나. 하하!"

쾌활하게 웃는 장사혁의 모습에 도원이 정중히 포권을 올렸다.

"도움을 주셔서 감사합니다."

"됐네. 이 모든 것은 나의 사문인 화산파를 위함이었으니, 자네가 고마워할 필요는 없네. 반대로 내가 부탁하고 싶군."

"무엇을 말입니까?"

도원의 어깨에 손을 얹은 장사혁이 조용히 말을 건넸다.

"화산파의 밑기둥을 뽑아내는 한이 있더라도 혈교의 잔가지를 찾아주게. 내가 그들을 직접 도려낼 수 있도록 말이야."

"알겠습니다."

"뭐, 없으면 더 좋은 것이고. 하하!"

웃으며 멀어져 가는 장사혁을 보며 다시 한번 고개를 숙인 도원은 용천단원과 운현 일행이 머물고 있는 별채로 빠르게 걸음을 옮겼다.

 * * *

"후! 더럽게 멀군!"

품에서 만져지는 주머니를 토닥이며 담백은 고개를 들어 좌우를 살폈다. 분명 왔던 길을 되돌아가는 건데 도저히 한가장으로 가는 길이 보이질 않았다.

언제 주군인 단서연에게 서신이 올지 모르는데 길을 헤매자 답답해진 담백이 다리에 힘을 주어 바닥을 찼다.

쿵—! 하는 소리와 함께 담백의 신형이 붕 떠올랐다.

나무보다 높게 뛰어오른 담백이 눈매를 가늘게 좁히며 주변을 살펴보았다. 온통 똑같이 생긴 나무로 덮여 있는 산을 보며 인상을 찡그렸다.

"도대체 어디로 가야……."

주변을 살피던 담백이 귀를 쫑긋거리며 하늘을 바라봤다. 익숙한 매의 울음소리가 들렸기 때문이다.

"매곡?!"

낯익은 매가 하늘에 떠 있자 담백이 손을 휘휘 저으며 외쳤다.

"매곡! 이놈아. 나 여기 있다!"

하늘을 고고히 날던 매곡이 담백의 외침에 지면을 내려다보았다. 온통 나무로 덮여 있는 숲에서도 무리 없이 담

백을 찾아낸 매곡이 허공을 세바퀴 빙글빙글 돌더니 이내
어디론가 날아갔다. 매곡의 행동이 자신을 따라오라는 뜻
임을 알아차린 담백은 얼른 몸을 움직였다.

＊　＊　＊

"흠……."
팔짱을 낀 채 한소진을 바라보던 설영이 매곡이 날아간
곳을 향해 시선을 돌렸다.
벌써 단서연이 한가장에 찾아온 지 하루가 지났다.
이틀간 머문다 했으니 내일이면 이곳을 떠나야 했는데,
담백의 그 큰 덩치는 코빼기도 보이질 않았다.
"하아… 하아!"
숨을 헐떡이던 한소진이 땀을 닦으며 검을 쥐었다.
그 모습을 조용히 바라보던 단서연이 인상을 찡그렸다.
한소진은 말없이 검을 휘두르기 시작했다. 설영이 단순
히 근력과 체력을 키우기 위해 목검을 쥐어주었는지 그녀
는 단순히 목검을 휘두르고 있었다.
물론 근력을 키우기 위해서는 아무 문제없었지만, 엉성
하고 단순하기 그지없는 휘두름이었다.
그때, 멀리서 무연이 천천히 단서연을 향해 걸어오고 있
었다.
단서연을 향해 말없이 뚜벅뚜벅 걸어오던 무연은 한소진

이 목검을 엉성하게 휘두르는 것을 보더니 이내 그녀를 향해 걸어갔다.

"후우… 후우!"

지루한 휘두름에 지쳐가는 한소진의 앞에 무연이 섰다.

"줘보거라."

"네?"

"그 목검."

"아, 네."

다짜고짜 와서 달라하는 무연에 한소진이 목검에 묻은 자신의 땀을 소매로 쓱 닦은 뒤 건네주었다.

한소진에게서 목검을 받은 무연은 손에 쥐고 천천히 휘두르기 시작했다.

"와아……."

분명 같은 목검이었음에도 무연에 손에 들린 것은 한소진이 들고 섰던 목검과 딴판이었다.

투박한 바람 소리를 내던 목검은 경쾌하게 바람을 갈랐다. 단순히 앞만 내지르던 목검은 이리저리 회전하며 허공을 찌르고 베었다.

목검이 가르며 생겨난 바람이 한소진의 머리를 휘날렸다.

"검법의 가장 기초가 되는 삼재 검법이다."

무연이 다시 검을 돌려주자 한소진이 목검을 받아들었다.

"단순한 베기와 찌르기지만, 검법의 가장 기초가 되고 단순한 앞베기를 반복하는 것보다는 덜 지루할 것이니 알아두는 편이 네게 좋을 게다."

"저도 배울 수 있을까요?"

"못 배울 것은 없지."

배울 수 있다는 말에 한소진이 화사하게 웃으며 눈을 초롱초롱 빛냈다.

태어나 뭔가를 배운다는 것은 글을 배우는 것 외에는 없었기 때문이다.

게다가 지루했던 앞베기에서 벗어나 새로운 검법을 배운다고 하니 왠지 기분이 더욱 좋았다.

"그럼 저도… 단 소저처럼 될 수 있을까요?"

눈을 빛내며 말하는 한소진을 바라보던 무연이 시선을 돌려 단서연을 바라봤다.

단서연 역시 무연을 바라보고 있었다. 무연이 자신을 바라보자 놀란 듯 무의식적으로 시선을 피했다.

"흠, 그건 어려울 거다. 아니 불가능이라고 하는 편이 더욱 정확할 테지. 무인이 검법을 펼칠 때는 내공을 이용해야 하는데, 내공이란 것은 내공심법을 통해 단전을 단련하여 만들어지는 힘이다. 너는 기혈이 약한 데다 많이 닫히기도 해서 단전을 단련해 내공을 키우지는 못할 게다."

"그렇…군요."

실망한 듯 눈을 내리까는 한소진의 모습에 무연이 목검

을 툭툭 치며 말했다.

"검법을 배워두거라. 네게 도움이 되었으면 되었지. 쓸모없진 않을 게다."

"네!"

금세 쾌활해져 웃는 한소진을 향해 미소를 지어준 무연이 천천히 검로를 가르쳐주었다.

한소진은 검에 대해서는 초보와 마찬가지였기 때문에 자세를 잡아주며 검을 가르쳐야 했다. 어쩔 수 없이 무연이 한소진의 손을 직접 잡아 검로를 가르쳐주었다.

그 모습을 설영이 못마땅한 눈으로 바라보았다.

"쓸데없는…….."

설영은 무연의 행동이 쓸데없다고 느꼈다.

어차피 담백이 구엽자지선란실을 구해온다는 보장은 없었다. 아니, 못 구해올 확률이 더욱 컸다.

그러니 한소진이 살아남을 확률도 극히 낮았다.

그런 여인에게 검법을 가르쳐줘봤자 아무런 쓸모도 없을 거라 생각한 것이다. 하지만 무연의 손길에 삼재 검법의 검로를 하나둘씩 익혀가며 해맑게 웃는 한소진의 모습을 설영은 조용히 지켜봤다.

자신은 한번도 본 적이 없는 너무도 해맑은 미소였다.

"이렇… 윽! 아니, 이렇게… 왜?"

분명 무연이 가르쳐준 대로 검을 휘둘렀는데 그처럼 되지 않자 한소진이 울상을 지으며 바라봤다. 그러자 무연이 고개를 저으며 말했다.

"검이란 것은 팔로 휘두르는게 아니라 손과 손목으로 휘둘러야 한다. 팔은 검에 힘을 넣어주는 역할이지. 게다가 너는 허리를 쓰지 않고 있어. 검을 쓰기 위해서는 온몸을 이용해야 한다."

최근에서야 몸을 자유롭게 움직이기 시작한 한소진은 뻣뻣 그 자체였다. 허리는 제대로 움직여주지 않았고, 스스로의 의도대로 몸을 움직일 수가 없었다.

"흐윽… 흑… 하악!"

검을 휘두르며 검로를 익히던 한소진이 갑자기 목검을 떨어뜨리며 가슴에 손을 얹고 숨을 헐떡였다.

그 모습에 무연이 한소진의 몸을 살피려 하자 설영이 바람처럼 빠르게 다가와 그녀의 몸을 살폈다.

"오늘은 여기까지 하거라. 기혈이 다시 뒤틀리기 시작했으니."

"네에……."

간신히 고통을 참으며 설영의 손에 이끌려 가는 한소진을 보며 무연이 떨어진 목검을 주웠다.

그 모습들을 멀리서 조용히 지켜보던 단서연이 멀어져 가는 설영과 한소진을 바라봤다.

묘한 기분이었다.

무연이 한소진에게 삼재검법을 가르쳐주는 모습을 보고 있을 때는 왠지 가슴이 답답했다. 한소진이 검로를 못 찾고 헤매어 무연이 그녀의 손목과 손을 잡아줄 때는 기분이 불쾌했다.

이유는 몰랐지만 무연이 얄밉게 느껴지기도 했다.

게다가 고통스러워하는 한소진에게 설영이 엄청난 속도로 다가와 부축하자 또다시 기분이 묘해졌다.

'밝음이라…….'

설영은 냉정했다. 말이 별로 없었고, 누군가와 관계를 맺는 것에도 무관심했다.

그렇기에 단서연과 설영, 담백이 있을 때는 누구와도 어울리지 않았다. 그렇다고 서로 화기애애하지도 않았다.

필요한 것 외에는 서로 대화하지 않았으며, 웃음을 보인 적도 없었다. 물론 그렇다고 서로에게 관심이 없다는 뜻은 아니었다. 그들의 대화가 적은 것은 서로의 특성을 잘 알고 있는 탓이었다.

하지만 설영은 한소진을 걱정했다.

겉으로 내보이지는 않았지만, 오랫동안 설영을 지켜봐 온 단서연은 알 수 있었다.

설영이 진심으로 한소진을 걱정한다는 것을.

게다가 담백은 그런 한소진을 살리기 위해 전설에나 나온다는 구엽자지선란실을 구하기 위해 떠났다.

이 모든 것은 한소진을 위해서였다.

오래 본 여인도 아니었고, 관계가 있던 여인도 아니었다. 무연은 처음 본 한소진을 위해 직접 검법을 가르쳐주었다.

자신과 다른 한소진의 모습에 단서연은 불쾌하면서도 부러움을 느꼈다.

자신은 갖지 못한 것을 가진 그녀에게.

"상태가 생각보다 좋아보여. 저자의 실력이 좋은 것 같군."

들려오는 말에 단서연이 고개를 들어 무연을 올려다보았다.

무연의 시선이 멀어져가는 한소진에게 향해 있자 단서연이 그의 정강이를 발로 찼다.

"음?"

갑작스러운 공격에 무연이 단서연을 바라봤다.

"뭐야?"

무연의 시선이 자신에게 향한 것을 확인한 단서연은 대답하지 않고 자리에 일어섰다.

여전히 무연은 알 수 없는 행동에 의문을 품었지만, 단서연은 말없이 스쳐 지나갔다.

뜬금없이 정강이를 발로 차인 무연은 떠나가는 단서연을 붙잡지 못하고 멍하니 그녀의 뒷모습을 바라봤다.

늦은 밤. 휘황찬란한 달이 떠올랐을 때 한소진이 밖으로 나왔다.

설영의 치료로 기혈이 제자리를 찾아 겨우 고통에서 벗어난 그녀는 밝은 달빛 아래 들판에 말없이 앉아 있는 단서연을 발견했다.

"옆에 앉아도 될까요?"

한소진의 목소리에 단서연이 말없이 고개를 끄덕였다.

그러자 단서연의 옆에 앉으며 뚫어져라 쳐다보았다.

"뭐지?"

계속 느껴지는 한소진의 시선에 단서연이 고개를 돌려 묻자 놀란 듯 손사래를 치며 말했다.

"죄, 죄송해요. 단 소저처럼 아름다우신 분은 처음 봐서……."

한소진이 쑥스러운 미소를 지으며 말했다. 단서연이 다시 고개를 돌려 정면을 바라봤다.

한소진도 입을 다물고 앞을 바라보았다.

얼마동안 말없이 앉아 있던 한소진이 조용히 입을 열었다.

"솔직히 단 소저가 부러워요. 미인이신 데다 건강하시고 또 강하시잖아요. 게다가 용천단이라는 대단한 곳에 당당히 입단하시고요. 만약 저였다면 상상도 못 했을 거예요."

자신의 솔직한 마음을 털어놓는 한소진에 단서연이 고개를 저었다.

"난 부족한 게 많아."

"단 소저가요?"

부족한 게 많다는 말에 한소진이 놀란 듯 물었다. 단서연이 그녀를 바라보며 고개를 끄덕였다.

"밝음."

"네?"

의미를 알 수 없는 말을 남긴 채 단서연이 자리에 일어섰다.

내일 떠나야 했기에 일찍 잠자리에 들기 위해서였다.

"밝…음?"

여전히 의미를 알 수 없는 단서연의 말에 한소진이 의아한 표정으로 멀어져가는 그녀를 바라봤다.

천일신단(千日信團)

"헉…! 허억!"

거친 숨을 토해내며 담백이 한가장의 정문 기둥에 손을 뻗었다.

땀이 쉴 새 없이 흐르고, 뜨겁고 답답한 숨이 끊임없이 목구멍을 타고 흘러나왔지만 멈추지 않고 한가장의 정문을 지나 별채로 향했다.

"설영!"

별채에 도착한 담백은 빠르게 주변을 두리번거리며 설영을 찾았다.

손으로 품에 구엽자지선란실을 넣어둔 주머니를 꺼냈

다. 담백의 우렁찬 목소리를 들은 한소진이 놀란 표정으로
별채의 문을 열고 나왔다.

"담백님?"

거친 숨을 토해내며 지친 기색을 보이는 담백의 모습에
한소진이 걱정스러운 표정으로 다가왔다. 담백이 한소진
을 향해 물었다.

"설영은?"

"설영님은……."

"늦었군. 그래서 구엽자지선란실은 찾았나?"

메마르고 갈라지는 듯한 목소리에 담백이 환하게 웃으며
주머니를 흔들었다.

뒤이어 한소진의 등 뒤에서 나타난 설영이 아이처럼 해
맑게 웃는 담백의 모습에 좀처럼 보인 적 없던 표정의 변
화를 보이며 빠르게 다가왔다.

"설마 진짜 구엽자지선란실이냐?"

믿기지 않는 듯 의구심이 잔뜩 낀 얼굴로 묻는 설영을 보
며 담백이 의기양양한 표정으로 고개를 끄덕였다.

"그래. 약초꾼인 노인이 건네준 거니 확실할 거야."

말이 끝나기가 무섭게 설영이 담백의 손에 든 주머니를
낚아챘다.

급하게 주머니를 열어 안에 들어 있는 마른 열매를 살펴
보았다.

"어때. 구엽자지선란실이 맞아?"

"모르겠다. 실제로 보는 것은 이번이 처음이라서 책을 봐야겠군."

과연 전설상에나 존재한다는 구엽자지선란실답게 설영조차 장담하지 못하고 주머니를 든 채 급하게 별채로 들어갔다.

평소엔 보기 힘든 설영의 허둥대는 모습에 담백이 진한 미소를 띠며 자리에 주저앉았다.

긴장감이 풀려서였을까. 온몸의 힘이 쭈욱 빠지는 느낌에 긴 한숨을 내쉬었다.

"구엽자지선란실……?"

꽤 오래전에 들은 적 있는 듯한 이름에 한소진이 고개를 갸웃거리며 담백과 별채를 번갈아 보았다.

분명 설영이 별채로 처음 온 날 했던 말 중에 구엽자지선란실이란 이름이 있었던 걸로 기억한다. 정확히 어디에 쓰이는 것인지는 기억나지 않았다.

답답한 마음에 고개를 갸웃거리던 한소진이 담백의 옆에 살며시 앉으며 물었다.

"저기 담백님. 구엽자지선란실이 뭔가요? 들은 적이 있는 것 같은데 기억이 나질 않아서요."

정말로 답답하다는 듯 살짝 인상을 찡그리며 묻는 한소진의 모습에 담백이 머리를 긁적였다.

왠지 자신의 입으로 구엽자지선란실의 효능을 말하기 민망했던 것이다.

"그게… 구엽자지선란실은… 그, 그게."

한소진의 눈을 마주하지 못하고 말을 더듬었다. 궁금하다는 듯 담백을 똑바로 응시한 채 입을 꾹 다물자 그가 잠시 망설이다 곧 입을 열었다.

"구엽자지선란실은 난이 아홉개인 난초에서 열리는 열매인데, 이것을 약초로 쓰면 오음…절맥을 치료하는데 탁월한 효능을 가지고 있다고 하더라고…….."

여전히 눈을 마주하지 못한 채 쑥스러운지 먼 산을 바라보며 말했다. 잠시 말뜻을 이해하지 못했던 한소진이 눈을 끔벅이며 담백을 바라봤다.

"오음절맥이요?"

"그래."

"그럼 제 병이 나을 수도… 있다는 건가요?"

"아무래도 설영의 말이 맞다면 그렇…겠… 으악!"

민망함에 먼 산을 보며 말하던 담백은 갑작스럽게 옆에서 덮쳐오는 한소진 때문에 바닥에 몸을 뉘였다.

옆에서 눈을 끔벅이며 담백을 바라보던 한소진이 갑자기 두팔을 벌리며 안겨온 것이다.

"무, 무슨 짓……."

"고마워요! 정말로 설영님도… 담백님도……."

고맙다며 안겨온 한소진의 몸이 떨리는 것을 느낀 담백이 고개를 들어 품에 안긴 한소진을 내려다보았다.

그녀의 작고 여린 몸이 눈에 띄게 떨리고 있었다.

"흑… 흐윽!"

미세하게 들려오는 흐느낌 소리에 담백은 말없이 그녀의 머리를 쓰다듬어주었다.

한소진은 아직 어렸고, 그만큼 많이 여렸다.

태어나서부터 지금까지 죽음을 곁에 둬야 했다. 쉴 새 없이 느껴지던 고통은 그녀의 삶이 이제 얼마 남지 않았음을 느끼게 해주었다.

그렇게 이십년이란 세월을 살아왔다. 삶의 끝자락에 섰을 때, 살 수 있을지도 모른다는 희망이 찾아온 것이다.

"내게 안기지 말거라… 땀 냄새난다."

"하하… 흐윽, 하하… 흐으윽!"

웃음과 흐느낌이 번갈아 들려오며 담백의 가슴에 얼굴을 묻고 있던 한소진이 고개를 들었다.

눈물, 콧물 범벅이 된 모습에 담백이 웃음을 지었다.

"못난 얼굴이 울고 있으니까 더욱 못나 보이는구나."

"히히……."

"으차!"

신형을 일으켜 세운 담백이 한소진을 똑바로 서게 한 후 별채를 바라봤다.

중요한 건 가져온 마른 열매가 구엽자지선란실이 맞아야 했다.

만약 잘못 가져왔다면, 우 노인이 실수한 거라면 이 모든 게 무용지물이 되는 것이다.

벌컥—!

거칠게 별채의 문이 열리며 다소 흥분된 모습의 설영이 한소진과 담백을 번갈아 보며 말했다.

"당장 시작하자."

"뭘? 그게 구엽자지선란실이 맞긴 한 거야?"

"일단 책에 나온 내용대로라면… 구엽자지선란실이 맞아. 그러니 지금부터 치료를 시작하지."

말을 마친 설영이 빠르게 한소진에게 다가왔다.

"별채로 들어가서 안정을 취하고 있어라. 치료는 정오가 지난 후 시작할 테니 공복인 상태로 기다리거라."

"네. 알겠습니다."

"담백, 너는 한종우에게 가서 탕약을 끓일 준비를 해달라고 해."

"알겠다."

한소진과 담백이 각각 맡은 역할에 맞춰 움직였다. 설영이 가만히 서서 멀어져 가는 담백의 뒷모습을 바라봤다.

"서둘러야겠군."

묵묵히 담백의 뒷모습을 바라보던 설영이 신형을 돌리며 한소진을 치료할 준비를 했다.

* * *

"신교는 광동과 광서의 사이에 있는 십만대산으로 가야

해. 꽤 시간이 걸릴 거야."

칠흑같이 검던 머리카락에서 적갈색으로 변한 단서연이 찰랑거리는 머리 위에 죽립을 올려 썼다.

중원에는 적갈색의 머리가 흔하지 않았다. 아니, 단서연처럼 붉게 그리고 진하게 적갈색의 빛을 내는 머리는 없었다.

이제는 역사가 되어버린 두명의 남자를 제외하고는.

묘한 눈으로 단서연의 적갈색 머리카락을 바라보던 무연이 고개를 끄덕였다.

"그전에 들러야 할 곳이 있어."

"들러야 할 곳?"

"오래 걸리진 않을 거야 어차피 마교로 가는 길목에 있는 곳이니."

"알겠어."

검은 무복을 입은 무연의 옆으로 죽립을 쓴 단서연이 나란히 섰다.

하남에서 마교가 있는 광동으로 가기 위해서는 꽤 오랜 시일이 걸렸다.

"가자."

단서연이 앞서 걷자 무연이 뒤를 쫓으며 걷기 시작했다.

* * *

"아름다운 곳이에요. 화산은."

"하하! 지금 봄이 아니라는 게 상당히 아쉽네요. 만약, 봄이었다면 붉은 홍매화가 잔뜩 피어 있을 텐데."

"더욱 아름다웠겠네요."

"물론이죠!"

경쾌하게 답하는 화설중과 아름다운 미소를 지으며 화설중을 바라보는 백아연. 그리고 그 둘을 멀찍이서 답답한 듯 바라보는 운현.

이 셋의 모습을 지켜보던 모용현이 남궁청을 향해 조용히 말했다.

"맞죠? 운 공자가 백 소저를……."

"아니라고 하기엔 운현 저 녀석의 표정이 너무 적나라한걸."

"맞아요. 저렇게 대놓고 티를 내기도 힘들 텐데요."

은밀하게 속삭이던 모용현과 남궁청은 아무렇지 않게 끼어드는 앳된 목소리에 놀라 소리가 난 곳으로 고개를 돌렸다. 그곳에는 장난스러운 표정이 가득한 장혁이 사람 좋은 미소를 지었다.

"장 소협?"

"오! 기억해주시네요?"

"방금 소개했잖아요. 호호."

재미있다는 듯 모용현이 입을 살짝 가리며 웃었다. 장혁이 고개를 끄덕이고 모용현을 흐뭇하게 바라봤다.

"역시 모용 소저는 아름다우신 데다 기억력도 좋으시군요."

"아니에요."

세상 진지한 표정으로 모용현을 칭찬하는 장혁의 모습에 남궁청이 탐탁지 않은 얼굴로 고개를 저었다.

고개를 돌린 곳에는 운현이 슬픈 표정으로 앉아 있었다. 화설중과 백아연의 화기애애한 분위기에 마음이 동한 것 같았다.

"어휴. 하긴 여인을 만나본 적이 있어야지……."

여인에 관심을 전혀 둔 적이 없던 사내였기에 운현은 연애에 서툴렀다.

여자에 서툴렀고, 좋아하는 감정과 그것을 표현하는 법에 서툴렀다.

그에 반해 화설중은 누구와도 쉽게 친해졌고, 여인의 앞에서는 항상 자신감 있게 행동했다.

화설중에게 백아연의 시선이 향해 있는 것을 보며 슬퍼하는 운현이 안쓰러웠는지 남궁청이 벗의 슬픔에 공감하며 고개를 저었다.

"흠, 백아연의 어디가 좋은 거지?"

멀리서도 보이는 운현의 슬픔과 백아연에게 향해 있는 화설중의 뜨거운 시선에 백하언이 정말로 모르겠다는 듯 중얼거렸다. 백하언의 옆에서 따뜻한 차를 음미하던 장현이 고개를 돌려 백아연을 보며 말했다.

"그야 아름답고, 착하고, 영민하시니 싫어하는 게 이상하지 않을까요?"

"너도 그렇게 생각해?"

백하언이 인상을 찡그리며 물었다. 장현은 망설임 없이 고개를 끄덕였다.

"물론이죠. 만약 백아연 소저가 싫다는 남자가 있다면 필시……."

"필시?"

검지를 치켜든 장현이 눈매를 가늘게 뜨며 은밀하고 단호하게 말했다.

"남자로서의 역할을 하지 못하는 남자일 거예요."

"그게 무슨 말이야?"

"아이 참!"

답답함에 장현이 백하언에게 바짝 다가가 그녀의 귀에 얼굴을 가까이했다.

장현이 얼굴을 가까이하자 놀란 백하언이 고개를 빼려 했으나, 곧 별다른 뜻 없이 귓속말을 하려는 걸 알고는 귀를 기울였다.

"고자라고요, 고자!"

"뭐?!"

미간을 좁히며 백하언이 성을 내자 장현이 고개를 끄덕이며 팔짱을 꼈다.

"맞다니까요. 그만큼 백아연 소저가 가지고 있는 매력은

212

어마어마하다… 백 소저?"

"흥!"

입에 침이 마르도록 백아연을 칭찬하는 장현의 모습에 백하언은 괜히 기분이 나빴다.

게다가 강한 무공에 이끌려 관심을 가지게 된 이범마저도 백아연에게 호감을 보이니 더욱 기분이 나빠진 백하언. 화설중과 친밀하게 대화하는 백아연을 쏘아보다 자리에서 일어섰다.

"바람 좀 쐬고 올게."

말을 마친 백하언이 거칠게 문을 열고 나가자 장현이 작은 한숨을 내쉬며 일어섰다.

"뭐 때문에 자매끼리 이렇게 사이가 안 좋은 건지, 나 원 참……."

일어선 장현이 백하언을 따라나서자 묵묵히 이 모든걸 지켜보던 백건이 작게 한숨을 내쉬며 주변을 둘러보았다.

널찍한 방에 천소단원과 용천단원이 한데 모여 있었다. 뛰어난 친화력을 보이는 화설중이 어느새 백아연과 친해져 이런저런 이야기를 나누고 있었다. 화설중 못지않게 뛰어난 친화력을 가진 장혁은 모용현과 남궁청 사이에서 대화를 나누었다.

누군가와 친해지는 것이 어색한 백건은 조용히 벽에 기대 있었다. 그의 옆에서는 이범이 도를 빼들고 깨끗하고 부드러운 천으로 천천히 도신을 닦고 있었다.

"뭐하냐."

방에서 도를 닦는 이범의 모습에 백건이 못마땅하여 한 마디 했다. 이범은 도를 닦는 손을 멈추지 않고 무심히 답했다.

"보면 모르냐. 무인이 자신의 병장기를 닦는 중이지."

"왜 그걸 여기서 하냔 말이야."

"무슨 일이 벌어질지 모르니, 대비하는 거야."

구파일방의 한곳이자 대문파로 불리는 화산파에서 무슨 일이 있겠냐만, 오대세가인 하북팽가에서의 일을 떠올리면 아무 일도 일어나지 않을 거라 장담할 수도 없었다.

이범의 말에 반박하지 못하는 백건은 묵묵히 도를 닦는 모습을 지켜봤다.

"왜 보는 거야?"

도를 닦던 이범이 뜨겁게 느껴지는 백건의 시선에 고개를 돌렸다. 묵묵히 이범을 바라보던 백건이 그와 도를 번갈아 보며 말했다.

"이미 네 도에서 광이 나기 시작했다."

"이건 더 빛나라고 닦는게 아니야. 마음, 그러니 심신을 수련하는 중인 거지."

"신경 쓰이는 일이 있는게 아니라?"

백건의 일침에 이범의 미간이 살짝 좁혀졌다.

그도 그럴 것이 정면에 위치한 화설중과 백아연 때문에 몹시 신경이 날카로운 상태였다. 백건의 은근한 말투가 이

범의 성질을 건드렸다.

"지금 해보자는 거야?"

"전부터 네놈의 수준이 궁금하긴 했지."

이범과 백건의 시선이 서로를 향했다. 어느새 말없는 둘의 눈빛에 투기(鬪氣)가 떠올랐다.

드르륵―!

이범과 백건이 서로를 향한 투기를 발산할 때, 문이 드르륵 열리며 도원과 화설이 들어섰다.

그러자 가만히 앉아서 대화를 나누던 천소단원과 용천단원이 동시에 일어서며 도원을 맞이했다.

"오셨습니까."

운현이 살짝 고개를 숙이자 도원이 천소단원과 용천단원을 돌아보며 말했다.

"장사혁님의 도움으로 화산파의 협조를 받아냈다. 이주 동안 화산파의 모든 정보와 협력을 지원받을 수 있으니 이보다 더 좋은 기회는 없다고 할 수 있지."

"아아……!"

내심 화산파와 용천단 사이에 갈등이 생기진 않을까 걱정하던 화설중이 안도의 한숨을 내쉬었다.

"그럼, 화산파에 대한 감찰이 좀 더 수월해지겠군요."

화설중의 물음에 도원이 고개를 끄덕이며 나머지 용천단원을 돌아보았다.

"그런데 두명이 비는군?"

"아. 백 소저가 바람을 쐬고 싶다 하여 나갔고, 장현이 따라 나갔습니다."

도원의 물음에 모용현과 대화를 나누던 장혁이 대답했다.

장혁의 대답에 고개를 끄덕인 도원은 화설을 보며 말했다.

"네 도움이 컸구나. 고맙다."

"아닙니다."

말을 마친 화설이 화설중의 옆으로 갔다.

"앞으로 화산파의 감찰이 시작될 것이다. 모든 자료와 협력을 약속받았으니, 철저하고 꼼꼼하게 화산파가 건네주는 자료들을 살펴봐야 한다. 하지만 중요한 것은 어떤 자료를 보고, 듣던간에 혈교와 관련되지 않은 자료에 대해서는 머릿속에 담아두지 말아야 할 것이다. 만약 사사로운 감정이나 이익을 위해 화산파의 자료를 악용하는 자가 있다면, 반드시 엄히 다스릴 것이다."

"알겠습니다."

호기롭게 대답하는 천소단원과 용천단원들을 돌아보며 도원이 입술을 살짝 깨물었다.

모든 일이 잘 풀리고 있어 마음이 조금은 편해져야 했건만, 어느 순간부터 시작된 불안함은 쉽게 가라앉지 않았다.

'왜지… 이 불안함은 도대체 왜…….'

답답한 마음에 도원이 작게 숨을 내쉬며 창밖을 내다보았다.

"백 소저."

"뭐야. 넌 왜 따라나와?"

답답함에 밖으로 나온 백하언은 자신을 따라나온 장현을 보며 인상을 찌푸렸다.

백하언의 심술에도 아랑곳하지 않은 장현이 옆에 서며 어깨를 으쓱해 보였다.

"다시 돌아가. 나도 곧 들어갈 테니까."

서늘한 밤공기가 폐부로 들어옴을 느끼며 장현이 길게 숨을 들이마셨다.

"후우! 저도 답답한 마음에 나온 것이니 신경 안 쓰셔도 됩니다. 백 소저."

"흥! 그런데… 크긴 되게 크네."

달빛이 내리는 화산파의 장원은 구파일방의 한곳이라는 것을 나타내듯 거대한 위용을 자랑했다.

낮에는 밝은 햇빛과 연화봉의 아름다움이 어우러져 눈을 즐겁게 했고, 지금은 서늘한 밤공기와 도도한 달빛이 화산파를 신비롭고 몽환적으로 만들어 주었다.

아무것도 하지 않고 바라만 보고 있어도 기분이 좋아질 정도였다.

"괜히 구파일방 중에서도 제일 아름다운 장원이라고 하

는게 아니죠."

팔짱을 끼며 고개를 위아래로 끄덕이는 장현에 백하언이 못마땅한 표정을 짓다가 다시 고개를 돌려 화산파가 위치한 연화봉을 둘러보았다.

"그런데 진짜로 화산파에 혈교가 있을까?"

백하언은 화산파에 도착한 후 '과연 혈교의 잔가지가 뻗쳐 있을까'라는 의구심을 가지게 되었다.

그만큼 화산파의 분위기는 따스한 봄날처럼 화기애애했고, 문파에 대한 자부심도 대단했다.

도저히 외부세력이 끼어들 만한 틈을 찾아보기 힘들 정도였다.

"글쎄요. 전 혈교는 어디에도 있을 수 있다고 생각해서요."

"어디에도 있을 수 있다고 생각한다고?"

"하북팽가, 무림맹의 개방지부만 하더라도 혈교가 나타나기 전에는 무림에 엄청난 신뢰를 받고 있던 대문파들이었잖아요. 그런데 혈교의 잔가지가 발견되었고요."

"흐음… 하지만 화산파는 아닐 수도 있잖아."

"그러니 저희가 온거죠. 확신을 가지기 위해서요."

사뭇 진지해지다 못해 어른스러운 장현의 말에 백하언이 새삼스레 그를 보며 고개를 끄덕였다.

"흠흠!"

백하언의 인정을 받은 것 같자, 장현은 기분이 좋았다.

"춥다. 들어가자."

"네."

잠시동안 가만히 서서 화산파의 몽환적인 장원을 구경하던 백하언이 양팔로 어깨를 감싸며 신형을 돌렸다. 장현이 빠르게 백하언을 뒤쫓았다.

* * *

"들러야 한다는 곳이 여기야?"

단서연이 묘한 표정으로 올려다 본 곳엔 천일신단(千日信團)이란 현판이 걸려 있는 커다란 건물이 있었다. 묻고 물어 도착한 무연 역시 의아한 표정으로 천일신단을 바라보고 있었다.

"내가 기억하는 곳과는 좀 다르군."

기억 속에 존재하는 천일신단과는 전혀 다르게 생긴 곳을 올려보던 무연이 긴 다리로 성큼성큼 안으로 들어섰다.

"어서 오십시오! 호남 제일의 신단! 천일신단입니다!"

신단(信團)이란 일종의 창고와 비슷한 업무를 하는 곳이었다.

귀중품이나 오랫동안 보관을 요하는 물건을 일정 기간을 정해 맡기는 곳이다. 신단은 물품의 종류나 가치 그리고 기간에 따라 돈을 받고 물건을 보관해주는 업무를 했다.

천일신단에 도착한 무연은 가운데에 서서 똘망똘망한 눈

으로 올려다보는 어린 남아를 보며 말했다.

"지금 천일신단의 단주가 누구인지 알고 있느냐?"

"하하! 제가 천일신단의 단원인데 단주님을 모르겠습니까. 지금 천일신단의 단주는 홍예(紅蘂)님이십니다."

"홍예… 지금 단주를 만날 수 있겠느냐?"

"혹시 기별을 넣으셨는지요?"

무연이 고개를 젓자 어린 남아가 정말로 죄송하다는 듯 고개를 저었다.

"죄송하지만 기별 없이는 단주님을 뵐 수 없습니다. 워낙 바쁘신 분이기도 하고 또한…….."

남아가 말끝을 흐렸다. 그게 무슨 뜻인지는 굳이 말하지 않더라도 알고 있었다. 난감한 듯 주변을 둘러보던 무연의 뒤로 단서연이 다가왔다.

"신단은 어쩐 일로 온거야? 맡겨둔 거라도?"

"예전에 받아둔 게 있는데 쓸데가 없어 맡겨놨거든."

"네가 맡긴 거라면 다시 찾을 수 있을거 아니야."

단서연의 말에 무연이 말없이 신단 단원인 남아를 바라봤다.

맡겨놓은 것이 맞지만, 신단에서는 본인이 맡겼다는 증명서를 내야 했다.

하지만 맡겨놓은 지 아주 오랜 시간이 지났으니 증명서를 아직도 가지고 있을 리가 없었다.

"증명서가 없다. 그리고 맡긴지 꽤 오랜 시간이 지나서

기억하는 이도 없을 테고."

"흠……."

"할 수 없군."

찾을 방법이 마땅치 않자 무연이 신형을 돌렸다.

그때, 천일신단으로 중년의 여인이 모습을 드러냈다.

붉은 비단옷을 입고, 머리에는 햇빛을 가릴 요량으로 작게 만들어진 죽립을 쓴 여인이었다. 죽립에는 화사하고 아름다운 꽃들이 가득 꽂혀 있었다.

신단으로 들어선 여인이 단서연과 무연을 발견하곤 눈을 빛냈다.

"어서 오세요."

붉은 입술을 오물거리며 말하는 중년 여인에게서 향긋한 꽃내음이 물씬 풍겼다.

"홍예?"

중년의 여인을 가만히 바라보던 무연이 무심코 입을 열었다. 중년 여인이 빙긋 미소 지었다.

"네. 제가 홍예……."

대답하던 홍예의 입이 멈추며, 무연의 얼굴을 똑바로 바라보았다. 그녀의 눈이 점점 커졌다.

"무… 공자?"

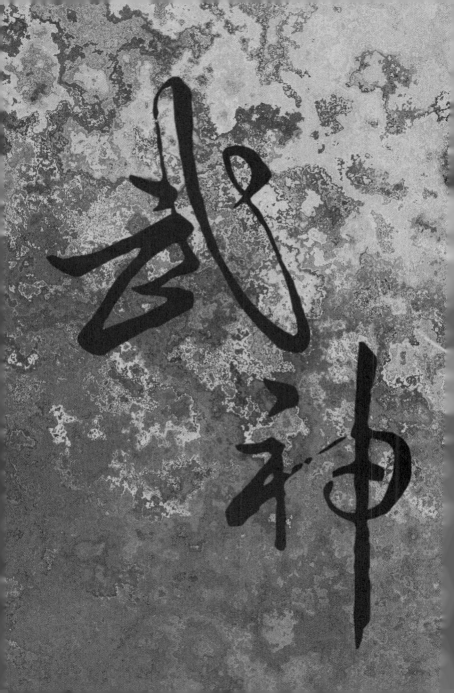

신전(新田)

 천일신단에서 가장 높은 곳.

 바로 단주가 기거하는 곳엔 접객실과 단주실이 나눠져
있었다. 죽립을 쓴 단서연은 접객실에 앉아 무심히 단주실
이 있는 곳을 바라봤다.

 무연을 알아본 홍예는 팔을 잡아 이끌며 천일신단의 가
장 높은 곳으로 올랐다. 졸지에 무연을 따라온 단서연은
단주실의 맞은편에 위치한 접객실에 앉아 있게 되었다.

 무연과 홍예는 비밀리에 나눠야 하는 대화가 있는지 단
서연을 따로 두고 단주실에서 대화를 나누는 중이었다.

 단주실에선 무연을 알아본 홍예가 놀란 듯이 그를 살펴

보았다.

"아니, 어떻게……?"

상당히 놀란 듯 원래 큰 눈을 더욱 크게 뜨며 물었다. 무연이 쓰게 미소 지으며 말했다.

"그럴 만한 사정이 있어."

"세상에……."

"그게, 말하자면 복잡한데."

"어떻게 더 젊어진 거예요?!"

홍예는 앞에 앉아 있는 무연의 모습이 믿기지가 않았다.

아주 어릴 때 만났던 무연은 삼십대 중후반의 모습을 지니고 있었다.

실제 나이는 그것보다 훨씬 많았지만 무공의 수준이 높아 그의 모습도 젊게 유지되었던 것이다.

그런데 지금의 모습은 그때보다 훨씬 젊어진 이십대 초반의 모습이었으니 홍예는 믿기지가 않았다.

"만약 무 공자의 경지나 젊었을 적 모습을 보지 못했다면 못 믿었을 거예요."

"그래도 날 알아보는 건 네가 처음인걸."

"후, 그럼요. 제가 남자 보는 눈 하나는 기가 막히잖아요. 게다가 제가 무 공자에게 시집가려고 얼마나 노력했는데요."

"흠흠!"

무연의 젊었을 적 이후 모습을 본 적이 없어서일까. 간신

히 알아본 홍예의 뜨거운 시선을 애써 무시한 무연이 입을
열었다.

"다름이 아니라 예전에 내가 맡겨둔 것을 가지러 왔어."

"맡겨둔 것이라면… 아! 혹시 그때 맡긴 패(牌)를 가지러
오신 건가요?"

"맞아. 그동안 쓸 일이 없을 거라 생각했는데 쓸 일이 생
겼어."

"알았어요. 잠시만요."

급히 자리에서 일어난 홍예가 단주실 안쪽에 있는 금고
로 다가갔다. 품속에서 열쇠 다발을 꺼내 맞는 열쇠를 찾
은 후 금고를 열었다.

열린 금고에는 금은보화 같은게 들어 있긴커녕 금색 보
자기에 싸인 하나의 상자만 존재했다.

조심스럽게 금색 보자기에 싸여 있는 상자를 꺼낸 홍예
가 총총걸음으로 무연의 앞으로 다가와 그것을 건넸다.

"자요. 무 공자가 맡겼던 패(牌)예요. 확인해 보세요."

내밀어진 금색 보자기를 빠르게 푼 무연.

상자를 열어 그 안에 들어 있는 검은색의 묵패(墨牌)를
보며 고개를 끄덕였다.

"맞아. 고마워. 지금까지 가지고 있어줘서."

"호호! 아니에요. 다른 사람 것도 아닌 무 공자 것인데
요. 당연히 목숨보다 귀히 여겨야죠."

"어쨌든 고마워."

"그나저나 그동안 뭐하셨던 거예요? 얼굴도 안 비추고, 아니! 애초에 이렇게 젊어져서 말이죠. 어떻게 젊어진 거예요?"

정말로 궁금한지 홍예가 더욱 뜨거워진 시선으로 바라보자 무연이 고개를 저었다.

"나도 정확히는 몰라. 내가 어떻게 젊어졌는지."

"흐음. 뭐 무 공자가 거짓말할 리는 없으니 믿어드릴게요. 그나저나… 같이 온 소저는 혹시?"

"동료야."

동료라는 무연의 말에 홍예가 팔짱을 끼며 살짝 노려봤다.

"정말로요?"

"정말로."

"뭐 그럼 좋아요! 그렇다면…….."

홍예가 고운 손을 무연에게 뻗었다.

홍예의 하얀 손이 뻗어오자 급히 일어서 품속에 묵패를 갈무리하여 넣었다.

무연이 지체 없이 일어서자 홍예가 아쉬운 듯 입맛을 다시며 일어섰다.

"여전히 매몰차시네요."

"다시 한번 고마워."

"아니에요. 그리고 무슨 일을 하시는지 더는 안 물어 볼게요. 대신 힘들거나 도움이 필요할 땐 언제든 찾아오세

요. 이래 뵈도 저 돈 많거든요. 호호!"

"알았어."

돈을 많이 받았다며 자랑하는 어린아이처럼 웃는 홍예의
모습에 살며시 미소를 지어준 후 단주실을 빠져나와 접객
실로 들어섰다.

그곳에는 단서연이 무심한 표정으로 차를 홀짝이고 있었
는데 접객실로 들어온 무연을 발견한 단서연은 찻잔을 내
려놓으며 자리에 일어섰다.

"끝났어?"

"응. 그럼 이제 출발하자."

"그래."

짧은 대화가 끝나고 홍예의 배웅을 받은 무연과 단서연
이 천일신단을 빠져나왔다.

천일신단을 지나 빠르게 걷는 무연을 향해 바짝 다가온
단서연이 바로 옆에 서며 물었다.

"뭘 받으러 갔던 거야?"

"이게 아직 쓰이는지는 모르겠지만, 일종의 입장권 같은
거지."

"신교… 입장권?"

마교인으로 살면서 단 한번도 들어본 적 없는 이름에 단
서연이 의아한 표정을 지었다. 무연이 품속에서 묵패를 꺼
내 단서연에게 내밀었다.

단서연이 받아든 묵패는 붉은 실과 금실이 함께 달려 있

는 직사각형의 패였다. 묵패를 들여다보던 단서연이 눈을 동그랗게 뜨고 놀란 듯 물었다.

"이, 이걸 누구한테 받은 거야?"

그녀답지 않게 말을 더듬으며 당황하자 무연이 묵패를 손가락으로 가리켰다.

"단… 아니, 스승님에게. 스승님이 자신의 벗에게 받은 입장권이라고 하며 준거야."

"신교 입장권이라니… 이건 신교신패(魔教信牌)야! 신교의 은인들만 가질 수 있는, 교주가 내리는 신패라고."

"아마 그게 맞을 거야."

놀라며 마교신패를 내려다보던 단서연은 그제야 무연이 누구의 제자인지를 깨닫고 멍한 표정으로 돌아보았다.

무소월. 무신으로 불리는 무림의 최강자.

그의 제자가 무연이었다. 이 신교신패는 그 당시의 마신이었던 단각이 무소월에게 선물로 준 것이리라.

그리고 후에 무소월이 무연에게 건넨 것이라 생각한 단서연이 살짝 아련해진 눈으로 마교신패를 보며 말했다.

"설마. 신교신패를 가지고 있을 줄이야."

그제야 무연이 마교로 가는 것을 왜 두려워하지 않았는지 깨달은 단서연이 그를 쏘아보며 말했다.

"이게 있었으면 왜 진작 말하지 않은 거야?"

사나워진 단서연의 말투에 무연이 어깨를 으쓱이며 말했다.

"천일신단이 아직 존재하는지 확신할 수 없었으니까."

그 대답에 단서연이 다시 한번 무연을 쏘아보다가 이내 손에 들린 묵패를 묵묵히 내려다보았다.

단각이 내린 마교신패.

할아버지의 유품이라 볼 수 있는 묵패를 손에 쥐던 단서연이 무연에게 넘겨주며 아쉬운 듯 말했다.

"하지만 마교신패가 있다고 해도 정보열람실에 갈 수 있는건 아니야. 신교로 들어가는 거야 신패로 가능하다지만 그 이상은……."

"알고 있어."

여전히 알고 있다며 여유로운 모습을 보이는 무연에 단서연이 고개를 저으며 다시 앞으로 걷기 시작했다.

어떻게 하면 무연을 마교로 들여보낼까 고민할 필요는 없어졌지만, 문제는 그들의 목적지라 할 수 있는 정보 열람실을 어떻게 들어갈까 하는 것이다.

"찾았습니다."

누구 한명 보이지 않는 어둠 속에서 머리부터 발끝까지 어둡고 몸에 딱 달라붙는 밀복을 입은 신형 하나가 서서히 모습을 드러냈다.

그리고 그 뒤로 세명의 그림자가 조용히 모습을 드러냈다.

"단서연이 확실한가?"

"확실합니다. 지금 이십대 초반으로 보이는 검은 무복을 입은 사내와 동행하고 있다 합니다. 사내는 어떻게 할까요?"

"단서연 외에는 필요 없다."

필요 없다는 말의 뜻은 단 하나였다.

사내의 말을 들은 그림자들이 말없이 고개를 숙이며 어둠 속으로 사라졌다.

* * *

호남에서 광동으로 넘어가기 위해서는 신전(新田)이라는 곳을 지나가야 했다. 이곳은 과거 논이었던 곳이 숲으로 변한 기괴한 곳이었다.

묵색의 나무들이 새파란 나뭇잎을 가지고 자라는 곳인데 나무의 간격이 촘촘하고 어지러워 함부로 발을 들였다간 길을 잃기 십상이었다.

게다가 숲의 면적도 상당히 넓어 일주일 이상 길을 헤매다 목숨을 잃은 이들도 있을 정도였다.

신전에 들어선 무연은 묵색의 나무들을 돌아보며 눈을 빛냈다.

"이상한 곳이군."

"신전이야. 원래는 논이었는데 숲이 된 곳이지."

스산한 기운을 내뿜는 신전의 숲에 무연이 고개를 좌우

로 돌리며 감상했다.

평범한 사람이었다면, 숲의 스산하고 기괴한 모습에 공포를 느낄 만도 했지만 무연은 무덤덤했다.

아니, 오히려 흥미로운 듯 숲을 둘러보았다. 단서연도 두려움을 느끼지 않는 듯 묵묵히 걸었다.

말없이 신전의 숲을 통과하고 있던 무연이 단서연의 옆으로 다가가 입을 열었다.

"혹시 원한을 사거나, 미움을 받을 만한 짓을 한 적이 있어?"

갑자기 무슨 말이냐는 듯 무연을 바라보던 단서연이 곧 주변을 살며시 둘러보았다.

무연이 쓸데없는 질문을 할 리가 없었다.

원한을 사거나 미움 받을 만한 짓을 한 적이 있냐고 묻는 이유는 단 한가지밖에 없었다.

이 숲에는 무연과 단서연, 둘만 있는게 아니었다.

"숫자는?"

"대략 삼십명 정도 되는군."

담담히 숲을 둘러보던 무연의 말에 단서연이 고개를 끄덕이며 검집에 손을 올렸다.

그녀의 눈이 점점 검붉은 색으로 빛을 냈다.

제자리에 멈춘 단서연이 검의 손잡이에 손을 얹은 뒤 천천히 검을 뽑아냈다.

스르릉──!

맑은 쇳소리와 함께 검이 뽑혀 나왔다.

밝은 은빛과 묵색의 빛을 동시에 내는 단각의 명검.

역천검(易天劍)이 검집에서 빠져나와 빛을 발했다.

오랜만에 보는 단각의 역천검에 무연이 눈을 빛냈다.

"단서연."

단서연이 검을 뽑아내기가 무섭게 어두운 숲속에서 커다란 키의 사내가 모습을 드러냈다.

머리부터 발끝까지 어두운 색의 밀복이었는데 그의 등에는 짧은 단도가 매여 있었다.

암살을 주 임무로 하는 암수였다.

"신교?"

단숨에 그들의 정체를 알아차린 단서연이 눈을 매섭게 빛냈다.

"하늘에서 보냈습니다. 단서연 당신을 모시고 오라는 명이었지요."

사내의 말이 끝나기 무섭게 숲속에서 수십명의 인기척이 느껴졌다. 숨기지 못한 것이 아니었다. 대놓고 인기척을 드러낸 것이다.

곧 신전의 숲에서 짙은 살기가 단서연과 무연을 감쌌다.

"살면대(殺勉袋)군."

"역시 알아보시는군요. 저희는 살면대, 신교의 특수 암살을 목적으로 한 암수들입니다."

역천검을 뽑아든 단서연이 손에 힘을 주었다. 살면대의

암수들은 특별했다.

무공의 수준은 일류를 넘어섰고, 암살 실력은 중원에서도 손꼽히는 자들이었다.

보통은 교주의 뜻에 따라 신교에 위험이 되는 자들을 암살하는 역할을 해왔다. 그동안 많은 수의 고수들이 살면대의 손에 목숨을 잃었다.

그런 살면대의 위험을 잘 알고 있는 단서연이었기에 이 상황이 좋지 않음을 깨달았다.

"신천우가 날 왜 부르는 거지?"

"그거야 단서연… 당신도 잘 알고 계실 거라 생각합니다."

사내의 말에 단서연이 인상을 찡그렸다.

신천우가 그녀를 불러들이는 이유는 단 한가지였다.

"난, 신천우의 아내가 될 생각은 추호도 없는데."

"그건 당신이 아니라 하늘님께서 정하시는 겁니다. 당신은 그저 따를 뿐."

사내와 대화하면서도 단서연은 주변을 빠르게 살폈다.

이미 이곳에 올 것을 예상했는지 모든 퇴로가 차단되어 있었다.

그렇다고 숲의 나무를 장애물 삼아 도망치기에는 상대가 살면대라서 불가능했다.

이미 이러한 상황과 싸움에 이골이 난 자들이었기 때문이다.

"하늘께서는 웬만하면 다치게 하지 말고 데려오라 하셨습니다. 그러니 저희와 함께 가시지요."

단서연은 대답하지 않고 주변을 살폈다.

살면대의 암수를 한명씩 상대한다면 지지 않을 자신이 있었지만, 무려 삼십명이나 그녀를 응시하고 있었다.

제아무리 초절정의 고수가 온다고 한들 살면대의 암수들에게서 살아남기는 힘들 것이다.

"휴……."

손에든 역천검을 검집에 꽂아넣은 단서연이 고개를 끄덕였다.

차라리 담백과 설영을 함께 데려왔다면 반항이라도 해보겠지만, 무연과 단서연 둘이서 살면대 삼십명을 상대하는 건 불가능하다고 생각했기 때문이다.

단서연이 반항을 포기하고 고개를 끄덕이자 사내가 손짓하며 무연을 가리켰다.

"저자는 죽여."

"잠깐!"

무연은 죽이라는 말에 단서연이 놀라 그의 앞을 가로막았다.

"그만둬. 이자는 나와 관계없어."

"그럴 리가요. 당신이 무림맹을 나선 이후 그자와 계속 함께한 걸 알고 있습니다. 관계없을 리가 없지요."

"이 사내를 죽이면, 나도 가만있지 않을 거야."

무시무시한 살기가 단서연에게서 뿜어져 나왔다.

그동안 무림맹의 용천단원으로 지내느라 절제해왔던 기운이 짧은 순간에 뿜어져 나오자 신전의 숲이 단서연의 존재감으로 가득 찼다.

무시할 수 없을 정도로 커지는 단서연의 존재감에 사내가 인상을 살짝 찡그렸다.

"하늘이라면 신천우를 뜻하는 건가?"

살면대와 단서연이 한치의 양보도 없는 대치를 하고 있을 무렵. 그들을 묵묵히 바라보던 무연이 단서연을 향해 궁금한 듯 물었다. 그녀가 짜증스러운 표정으로 고개를 끄덕였다.

"그래."

상황을 모를 리 없는 무연이 너무 여유롭자 이 상황을 타개하려고 분주히 머리를 굴리던 단서연은 그가 얄밉게 느껴졌다.

"신천우라, 그래… 네놈들을 쫓아가면 신천우를 만나려나?"

"감히 하늘을 함부로 부르다니. 목숨이 아깝지 않은 모양이구나?"

사내가 짙은 살기를 내뿜으며 말했다. 무연이 고개를 저으며 앞으로 서서히 걸어 나갔다.

"목숨 아까운지 모르는 건 네놈들이겠지."

"뭐?"

단서연조차 당황하며 무연을 바라봤다.

살면대는 지금까지 그녀와 그가 상대해왔던 자들과는 차원이 달랐다.

마교에서 암살을 목적으로 어릴 때부터 살면대원이 될 때까지 지옥 같은 훈련을 받아온 자들이었다.

일대일의 싸움이었다면 몰라도, 이 많은 수의 살면대를 상대로, 게다가 암수에게 최적의 장소라 할 수 있는 신전의 숲에서 무연이 싸우러 나간 것이다.

"잠깐만! 무모한 짓 하지마!"

단서연이 놀라 외치자 무연이 고개를 돌려 그녀를 바라보았다.

"잘됐네. 어차피 만나야 하는 자였으니 이놈들을 상대하다보면……."

"위험……!"

고개를 돌려 단서연을 바라보는 사이 무연의 앞에 서 있던 사내의 신형이 사라지더니 바로 앞에 나타나 등에 메고 있던 단도를 휘둘렀다.

소리 없이 빠르게 다가온 단도가 무연의 목 바로 지척까지 다가왔다.

단서연이 반사적으로 검을 뽑았지만 무연의 목에 닿은 단도를 막기엔 거리도, 시간도 턱없이 부족했다.

우득—!

"신천우를 만날 수 있겠지."

털썩—

무연의 목을 베어오던 살면대의 암수가 목이 부러진 채 바닥에 쓰러졌다.

당최 무슨 일이 벌어진 것인지 모르는 단서연이 멍한 표정으로 무연을 바라봤다.

분명 암수의 공격 시도는 나쁘지 않았다.

오히려 너무 깔끔하고 정확하게 베어와 단서연은 무연의 목이 베일 거라 생각했다.

무연이 죽는 것은 슬펐지만, 복수를 위해 암수를 향해 검을 찔러넣겠다고 생각했다.

그런데 암수가 죽었다.

무연의 목은 잘리지도, 베이지도 않은 듯 깨끗했다.

쉭— 쉭!

살면대의 암수들은 빠르게 상황을 파악하며 비도를 던졌다.

그들 역시 살면대의 암수가 어떻게 무연의 손에 죽었는지 보지 못했지만, 과정보다 결과를 중요시했다.

어쨌든 암수가 무연에게 당해서 죽었다. 그들은 무연을 죽여야 했다.

"음."

비도를 흩뿌리며 번개처럼 흩어지는 암수들을 보고 무연이 짧게 감탄했다.

과연 단서연이 걱정할 정도로 훌륭한 실력의 암수들이었

다.

"훌륭한 실력이야. 괜히 살면대라 불리는 건 아닌 것 같군."

자신에게 쏟아지는 비도들을 단 두번의 손짓으로 잡아낸 무연이 손가락 사이사이에 비도를 끼며 중얼거렸다. 단서연이 급히 검을 똑바로 쥐며 무연의 옆에 섰다.

"살면대 암수들의 실력을 얕보면 안 돼. 운 좋게 한명을 죽이긴 했지만 아직 스물아홉명이 남았어."

"저들이 살명(殺命)을 받은 곳이 어디지?"

"살명(殺命)?"

살명이란 암수들이 붙잡히거나 도주하기 힘들다고 생각할 때 쓰는 자살법이었다. 살명을 물어보는 무연의 말에 단서연이 기억을 더듬었다.

"양쪽 어금니 그리고 혓바닥 아래와 끼고 있는 장갑 속에 독침이 있어."

"그래. 두놈 정도만 남기면 되겠지."

말을 마친 무연이 단서연을 바라봤다.

그녀답지 않게 걱정이 가득한 얼굴을 보며 무연이 미소 지었다.

"여기 있어. 저놈들이 너는 노리지 않을 테니."

무연이 신형을 돌리자 단서연이 그의 팔을 잡았다.

자신의 행동에 스스로도 놀랄 정도로 단서연도 예상치 못한 행동이었다.

"그… 조, 조심해."

"알았어."

단서연이 잡은 팔을 놔주자 무연이 다시 한번 미소를 지어준 후 신형을 날렸다.

곧 그는 엄청난 속도로 신전의 숲으로 사라졌다.

"일호가 당했다. 목표의 실력이 낮지 않은 것 같다."

"십삼호와 이십일호가 당했다. 암수를 상대하는데 익숙한 것 같다."

좌우로 겹쳐지며 달려가는 암수들이 서로와 서로에게 소식을 전했다. 수많은 살면대의 암수들이 무연을 향해 비도를 던지고 틈을 노려 단도를 꺼내고 벴지만 누구도 성공한 이가 없었다.

무연에게 덤벼든 살면대의 암수는 싸늘한 시체가 되어 차가운 신전의 숲에 몸을 뉘였다.

"목표가 암수를 상대하는데 능숙하다. 아무래도 작전을 변경해야 될 것 같다."

"단서연은?"

"'그'가 갔으니 확보할 수 있을 거다."

"'그'가 갔다면 걱정할 필요 없다."

암수들의 시선이 한곳으로 모였다.

시선이 닿은 곳에선 무연의 신형이 그림자처럼 신출귀몰하고 있었다.

퍽!

급히 고개를 뒤로 젖혀 비도를 피한 무연이 나무에 박힌 비도를 슬쩍 보며 주변을 돌아보았다.

비도가 날아오는 소리가 전혀 들리지 않았다. 무음비(無音飛)의 경지에 이른 비도술이었다.

촤악—!

빠르게 날아드는 다섯개의 비도를 반원으로 손을 휘저어서 잡아낸 무연이 무심한 눈으로 주변을 돌아보았다.

비도가 날아든 경로에는 아무도 존재하지 않았다. 비도를 던짐과 동시에 자신의 위치를 바꾸는 것이다.

"흠."

괜히 단서연이 걱정한 것은 아닌 듯 암수들의 실력은 보통이 아니었다.

두꺼운 나뭇가지를 밟고 나무 위에 오연히 서 있던 무연이 빠르게 두 걸음을 걸었다.

무연의 신형이 나뭇가지 위에서 소리 없이 사라졌다.

무연이 암수들을 잡기 위해 신형을 날리고 난 후 주변을 살피며 상황을 주시하던 단서연. 등을 타고 흐르는 끈적하고 불쾌한 기분에 급히 몸을 날려 땅을 굴렀다.

꽝—!

바닥이 터져나가며 거대한 신형의 남자가 아쉬운 듯 혀로 입술을 핥았다.

"이런! 꽤나 은밀했다고 생각했는데. 쳇! 날다람쥐 같은 년."

거대하다 못해 비대한 덩치의 남자는 동물 가죽으로 만든 상의와 반바지를 입고 있었다.

얼굴엔 무수한 상처들이 가득했고, 머리카락 한 올 없는 대머리였다.

그는 둥글고 커다란 추가 달린 사슬을 손에 쥐고 있었다.

"이리 오렴. 도둑고양이야."

단서연을 보며 덩치의 사내가 입술을 핥았다.

"마장추······."

"매일같이 다니던 설영과 담백놈이 보이질 않는구나. 고양이야. 왜, 이제는 그들이 질려서 저런 놈이랑 같이 다니나 보지?"

단서연은 묵묵히 검을 쥐고 옷에 묻은 흙을 털어내며 죽립을 벗어던졌다.

"아니면 그들의 밤일이 영 시원찮은가 보지? 흐음. 나라면 널 만족시켜줄 수 있을 텐데."

단서연을 바라보던 마장추가 자신의 사타구니를 툭툭 치며 음탕하게 지껄였다. 단서연은 전혀 동요하지 않으며 자세를 잡았다.

"설마 나와 싸워보려는 거냐? 고양이야? 에이, 안 되지. 안 돼··· 이 건방진 년아!"

쉬이이익!!

콰아앙!!

땅이 깊게 파이며 단서연이 있던 자리가 움푹 꺼졌다.

다행히 민첩하게 몸을 날려 거대한 추를 피할 수 있었지만 이미 피할 것을 예상한 마장추는 몸에 어울리지 않는 속도로 단서연에게 달려들어 비대한 발로 그녀를 걷어찼다.

인상을 찡그린 단서연이 뒤로 사정없이 밀려났다.

두다리가 밀려난 자리에는 두개의 긴 상흔이 생겨났다. 마장추의 발길질을 막은 검이 부르르 떨렸다.

"네발로 기어라. 고양이야. 그게 너다워."

붉은빛으로 번뜩이는 눈으로 마장추가 단서연을 향해 천천히 다가왔다.

납거(拉去)

쾅—!

쾅앙—!

연달아 울리는 폭음과 함께 단서연의 신형이 이리저리 움직였다.

명검이라 불리는 역천검을 들어 반격할 기회도 잡지 못한 채 몸을 움직여야 했다. 그도 그럴 것이 그녀가 서 있던 자리는 금방 깊게 패여 터져나갔기 때문이다.

"역시, 고양이답게 민첩하구나!"

마장추가 비릿하게 미소 지으며 거대한 추를 머리 위로 회전시켜 던져댔다.

내력이 실린 사슬과 추는 단서연이 서 있는 자리를 박살 내며 땅을 터트리고 있었다.

'다가갈 틈을 주지 않는다!'

뒤로 물러선 단서연은 눈매를 좁히며 틈을 노렸다. 마장추는 틈을 주지 않고 추를 날렸다.

게다가 조금이라도 가까이 들어오려 하면 사슬을 짧게 잡아 거대한 추를 회전시켜서 접근하지 못하게 했다. 사슬추에 비해 짧은 길이를 가진 검을 든 단서연은 마장추를 공격할 방법이 없었다.

"어서 항복하거라. 하늘께서는 네가 다치지 않길 바라거든."

마장추의 이죽거림에도 단서연은 흔들림 없이 추를 피했다.

그러던 중 마장추의 추가 돌연 정면을 향해 쏘아져오자 검을 강하게 말아쥔 단서연이 자세를 낮추며 몸을 앞으로 튕겼다.

돌연 몸을 튕겨 앞으로 날아오는 단서연을 보며 마장추가 당황하며 사슬을 잡아 이끌었다.

이대로 가다간 추가 단서연의 머리를 날려버릴지도 몰랐기 때문이다.

그만큼 단서연의 행동은 자살 행위나 다름없었다.

'틈!'

마장추가 사슬을 잡아당겨 추를 당기자 단서연이 빠르게

추와 함께 마장추를 향해 날아들었다.

추를 다시 던지기 위해서는 사슬을 회전시켜야 했는데, 이처럼 잡아당긴 상태에서는 다시 던질 수 없는 점을 이용한 것이다.

"하! 계집년이 머리를 쓰는구나!"

자신을 향해 빠르게 쇄도해오는 단서연을 보며 마장추가 비릿하게 미소 지었다.

그는 빠르게 잡아당긴 사슬을 최대한 짧게 잡으면 추와 사슬의 이음새 부분을 손으로 쥐었다.

부웅—!

거대한 바람 소리와 함께 마장추를 향해 쇄도해 가던 단서연이 급히 검을 들어 오른쪽을 막았다.

카앙——!!

"큭!"

단서연이 신형이 바닥을 뒹굴며 나가떨어졌다.

마장추가 사슬을 짧게 잡아 추를 쥔 후 다가오는 단서연을 향해 휘두른 것이다.

이에 단서연이 빠르게 검을 들어 방어했지만 마장추의 힘에 못 이겨 밀려났다.

"하하! 이 고양이년!"

부우웅—!

거친 바람 소리가 귓가에 들려오자 단서연이 땅을 박차며 뒤로 몸을 회전시켰다.

곧이어 거친 폭음과 함께 그녀가 서 있던 땅이 터져나갔
다.

"피할 줄 알았지!"

단서연이 추를 피할 것을 예상한 마장추가 몸을 날려 날
아들었다.

몸을 회전하며 바닥에 착지한 단서연은 당황하지 않고
오른손으로 검을 쥐며 허리를 돌렸다.

"음!"

단서연을 향해 달려가던 마장추가 급히 허리를 뒤로 꺾
었다. 마장추의 꺾인 신형 위로 단서연의 검이 매서운 속
도로 찔러 들어갔다.

닿지 않았음에도 동물 가죽으로 만든 상의가 베어지는
모습을 보며 마장추가 인상을 찌푸렸다.

"이 개같은 게 반항하기는!"

꺾은 허리를 다시 곧게 편 마장추가 사슬을 휘둘렀다. 촤
르르륵 소리를 내며 사슬이 단서연의 검을 향해 날아갔다.

단서연은 사슬을 받아치거나 막아내면, 검을 옥죄어 올
것을 알고 몸을 날려 피했다.

하지만 그 순간 마장추의 손에서 검붉은색 장기가 단서
연을 향해 날아들었다.

쾅!

단서연의 신형이 뒤로 주르륵 밀렸다.

"크윽……."

목을 타고 흐르는 핏물을 간신히 삼킨 단서연이 마장추를 노려봤다.

마장추는 히죽히죽 웃으며 사슬을 회수하고 있었다.

'역시 마장추인가…….'

설영과 담백을 데려오지 않았음을 후회하며 단서연이 검을 강하게 말아쥐었다.

후회는 늦어도 후회일 뿐이었다.

그녀는 앞에 선 마장추의 실력을 잘 알고 있었다.

마장추는 신천우를 보좌하는 네명의 무인.

개개인의 수준이 초절정에 이르렀다는 사마수(四魔手) 중 한명이었다.

"역시 네년과의 싸움은 재미있어. 재미있을 줄 알았다니까!"

부웅—!

바람이 찢어지는 듯한 소리와 함께 추가 허공을 날며 단서연을 향해 날아들었다.

가만히 추를 바라보던 단서연이 지면과 수평이 되게 눕히며 두다리와 두팔에 내력을 실었다.

그녀의 검붉은색 눈이 점점 더 짙게 변해갔다.

'적월마검(赤月魔劍) 역수(逆手).'

맹렬한 기세로 떨어져오는 추를 보며 단서연이 검을 올려베었다.

엄청난 속도로 떨어져오는 추의 무게와 속도에 마장추는

단서연이 무모한 짓을 한다고 생각했다.

'이런! 신천우님께 뭐라 해야…….'

마장추는 이번 일격으로 단서연이 죽거나 크게 다칠 거라 믿어 의심치 않았다.

그만큼 거대한 추에 정면으로 맞서는 단서연의 모습은 무모하기 그지없었다.

그때, 추를 올려 베던 단서연이 검을 쥔 손을 역수로 바꾸며 몸을 회전시켰다.

까앙―!

추와 단서연의 검이 맞부딪치는 순간, 그녀가 몸을 크게 회전시켰다.

물레방아가 도는 것처럼, 추에서 발생된 반발력을 이용해 회전한 단서연이 추를 발판삼아 마장추를 향해 날아올랐다.

'월예비검(月刈飛劍).'

붉게 물든 단서연의 역천검에서 붉은색의 검기가 마장추를 향해 쏘아져 나갔다.

엄청난 속도로 날아오는 단서연의 붉은 검기를 보며 마장추가 이를 악물었다.

"하아압!"

괴성을 지르며 양손을 내지른 마장추의 손에서 붉은 강기가 뿜어져 나오며 단서연의 붉은 검기와 맞부딪쳤다.

콰앙―!

검기와 장강기의 격돌로 인해 거대한 폭음이 들려왔다.

바닥에 내려선 단서연이 역천검에 내력을 주입시켰다.

그러자 검에서 내력이 불타오르듯 뿜어져 나왔다.

"적화검(赤火劍)!"

그동안 단서연을 보며 이죽거리고 비아냥거리던 마장추가 이번엔 순수하게 감탄했다.

그만큼 강기가 붉게 타오르는 모습의 적화검은 아름답고 파괴적이었다.

"대단한 고양이야!"

"고양이란 말 좀."

카앙!

"큭!"

"그만해."

앞으로 바짝 다가온 단서연의 검이 마장추의 심장을 노리고 찔러 들어갔다. 마장추가 빠르게 사슬을 들어 단서연의 검끝을 막아냈다.

사슬은 묵빛으로 빛을 내고 있었다. 만약 강기를 불어넣는 게 조금이라도 늦었다면 단서연의 적화검이 사슬을 엿가락처럼 끊어내며 마장추의 심장을 꿰뚫었을 것이다.

"이리 가까이서 보니 더욱 아름답구나!"

혓바닥으로 입술을 할짝이며 말하는 마장추.

단서연이 인상을 찡그리고 검에 힘을 주며 마장추를 튕겨냈다.

적화검이 더욱 불타오르며 가슴에 상처를 내자 마장추가 급히 뒤로 물러났다. 단서연이 놓치지 않고 바짝 다가왔다.

"내가 아무리 좋아도 이렇게 가까이 다가오면!"

좌르르륵!!

마장추가 팔목에 감겨 있는 사슬을 잡아당겼다.

뒤이어 사슬에 딸려온 추가 엄청난 속도로 단서연의 뒤를 노리고 날아들었다.

"다친다!"

뒤에서 느껴지는 무시무시한 기세에 발걸음을 멈추고 방어하려 할 때, 물러서던 마장추가 거대한 신형을 앞으로 튕기며 땅을 강하게 박찼다.

쾅―!

땅이 터져나가며 마장추의 신형이 엄청난 속도로 앞으로 쏘아져왔다. 앞뒤로 날아드는 추와 마장추를 번갈아 보던 단서연이 빠르게 땅을 박차고 뛰어올랐다.

"하?!"

하늘로 치솟는 단서연을 보던 마장추가 재미난 듯 웃으며 자신에게 날아드는 추를 양손으로 받아냈다. 몸을 빙글 회전시키며 추를 하늘 위로 내던졌다.

정확히 단서연이 있는 곳을 향해.

쉬이이익―!

거센소리와 함께 날아드는 추를 보며 단서연이 검을 수

직으로 세웠다.

'비중낙검(飛重落劍)!'

천근추의 묘리를 검에 담았다 불리는 검법인 비중낙의 검이 단서연의 검에서 발현되었다.

하늘로 치솟아 올라갔던 단서연과 그녀의 적화검이 엄청난 속도로 바닥을 향해 떨어졌다.

곧 마장추가 던진 추와 마주했다. 검을 비틀어 추를 받아낸 단서연이 충격을 해소하기 위해 몸을 회전시키며 마장추를 향해 회전하며 떨어졌다.

"이년이!"

자신이 던진 추를 쳐내며 맹렬한 기세로 떨어지는 단서연을 본 마장추가 오른손에 사슬을 두르며 주먹을 말아 쥐었다.

"하압!"

떨어지는 단서연을 향해 사슬을 두른 주먹을 내질렀다.

검은 묵기가 깃든 사슬권갑이 무시무시한 속도로 떨어지는 단서연의 적화검과 부딪쳤다.

콰아아앙!!

내력과 내력의 충돌에 대기가 일렁이고, 대지가 터져나갔다.

거대한 충격파로 인해 오랫동안 땅에 박혀 움직일 리 없던 돌멩이와 잡초 따위가 허공을 날았다. 부서진 사슬의 파편들이 바닥에 나뒹굴었다.

"끄으으윽!"

바닥에 무릎을 꿇은 마장추가 고통에 찬 신음 소리를 흘렸다.

그의 손은 피범벅으로 변해 있었다. 손을 감고 있던 사슬은 터져나가 볼품없이 바닥을 뒹굴었다.

"하아… 하아……!"

역천검을 지지대 삼아 겨우 선 단서연이 희미해지는 시야 너머로 마장추를 노려보았다.

힘겹게 걸음을 뗀 단서연이 마장추의 앞에 서서 은색 빛을 발하는 역천검을 높이 치켜들었다.

'이자를 죽이면…….'

신천우가 가만히 있지 않을 거란 생각에 망설이는 순간, 마장추가 번개같이 신형을 일으켜 세우며 우왁스러운 손으로 단서연의 목을 죄었다.

"큭!"

한순간의 방심과 망설임으로 마장추의 손에 잡힌 단서연이 그를 노려보며 역천검을 휘두르려 했지만 마장추의 손이 빠르게 단서연의 혈도를 짚었다.

땡그랑!

단서연의 손에서 역천검이 흘러내려 땅에 뒹굴었다.

기절하듯 쓰러지는 단서연을 둘러멘 마장추가 주변을 둘러보았다.

암수들과 무연이 아직 싸우고 있는 듯 살면대 암수들의

모습이 보이지 않았지만, 마장추에겐 별 상관없었다.

"흥. 그 비리비리한 놈이 힘을 좀 쓰나 보군. 뭐, 상관없지. 단서연을 잡았으니."

마장추가 빠르게 신형을 날렸다.

우득—!

암수 한명이 목이 부러진 채 바닥에 나뒹굴었다.

그럼에도 주변의 암수들은 슬퍼거나 분노하는 등의 동요를 보이지 않은 채 마장추와 단서연의 상황을 전파했다.

"단서연을 생포했다. 임무는 종료되었다. 후퇴한다."

살면대의 암수들은 단서연이 마장추에 의해 생포되자마자 몸을 날려 모습을 감추었다.

사방으로 흩어지는 암수들을 바라보던 무연이 주변을 둘러보았다. 살면대의 암수들을 이십명 가까이 죽였는데 암수들이 그림자처럼 자취를 감춘 것이다.

"잡힌 건가?"

단서연이 걱정된 무연이 빠르게 몸을 날렸다.

"이건……."

빠르게 몸을 날려 단서연이 있던 곳으로 돌아온 무연은 두사람의 격돌로 흉흉하게 변한 신전의 숲 공터를 돌아보았다.

묵묵히 주변을 살피던 무연은 떨어져 있는 단서연의 역천검을 발견하고 손에 쥐었다.

"역천검… 단서연이 잡힌 건가?"

그들의 목표가 단서연임을 알고 있었다.

암수들을 상대하던 중 강대한 기운을 가진 누군가가 단서연을 향해 다가간 것을 느꼈는데, 암수들이 목숨을 버려가며 끈질기게 발길을 붙잡아두는 바람에 무연이 제때 그녀에게 돌아가지 못했다.

"일이 복잡하게 되었군."

단서연이 잡혀갔음을 깨달았음에도 당황하거나 조급해하지 않았다.

어차피 그들이 원하는 것은 신천우와 단서연이 혼인을 올리는 것. 단서연의 목숨이 아니었다.

그러니 무연에게는 단서연과 신천우의 혼인식이 열리는 날까지 시간이 남아 있었다.

"그 전에… 다시 돌아가야겠군."

홀로 마교로 잠입해 단서연을 구할 수도 있었지만 그러기엔 위험부담이 너무 컸다.

단서연이 없었을 때라면 거리낌 없이 들어갔겠지만 이번엔 그녀가 인질로 잡혔기에 신중을 기해야 했다.

"흠."

신형을 돌리며 역천검을 손에 쥔 무연의 신형이 바람처럼 자리에서 사라졌다.

"잘되고 있는거 맞아?"

옛 문서에 따라 탕약을 지은 설영이 고개를 끄덕이며 말했다.

"이 책에 나온 대로 만들었으니 내용이 틀리지 않았다면 잘될 거다."

"만약 책의 내용이 틀렸다면?"

"그럼 죽는 거지."

"뭐?!"

"조용히 해라. 집중해야 하니."

책에 나온 대로 구엽자지선란실을 이용해 탕약을 지은 설영. 탕약을 마신 한소진의 뽀얗고 하얀 살결을 바라보고 있었다.

앞가슴만 겨우 가린 한소진의 등은 실오라기 하나 걸치지 않은 상태였다. 담백은 어린 처자의 알몸을 보는 것이 부담스러워 일어서서 별채를 나갔다. 한종우와 설영만 걱정스러운 표정으로 한소진을 바라봤다.

"저, 정말로 소진이가 살 수 있단 말입니까?"

"내가 제대로 했고, 저놈이 제대로 구해왔다면."

"제발… 제발… 신이시여! 제발…….."

한종우가 무릎을 꿇고 두 손으로 빌기 시작했다.

세상 온갖 신에게 한소진을 구해달라 울먹이며 기도하는 한종우를 향해 설영은 조용히 하라고 말을 할까 말까 고민하다 그냥 내버려두었다.

누군가를 위해 기도를 해본 적이 없었던 설영조차도 지금은 신의 힘을 빌리고 싶었으니.

"쿨럭! 쿨럭!"

한참동안 제자리에 서서 한소진을 지켜보던 한종우는 갑작스레 피를 토하는 모습에 기겁하며 그녀에게 다가가려 했지만, 설영이 어깨를 잡아 자리에 앉혔다.

설영의 무지막지한 힘에 의해 제자리에 철푸덕 주저앉은 한종우가 의아한 표정으로 바라봤다.

"소진이가! 소진이가 피를 토하고 있소! 이거, 이거 설마 잘못……."

"잘못된 것 없다. 저게 정상이다. 토해낸 피를 봐라. 평범히 몸을 돌고 있는 피였다면 선홍빛을 띠어야 하는데, 지금 토해낸 피는 검붉은 색을 띠고 있다. 기혈이 막혀 고여 있던 썩은 피가 몸 밖으로 배출되고 있는 거다."

"그럼, 잘되고 있는 겁니까?"

"아마도. 그리고 지금부터는 나와 한소진만 있겠다. 지금부터는 진짜 집중해야 하니."

"아, 알겠소."

설영의 말에 한종우가 급히 일어섰다. 그리고 한소진을 울먹이며 쳐다보다 신형을 돌려 별채를 빠져나왔다.

"어떻게 됐소?"

"설 대협이 잘되고 있으니 나가 있으라고 했소. 집중해야 한다고……."

울먹이는 한종우를 향해 다가간 담백이 그의 어깨를 두들겨주었다.

"잘될 거니 걱정 마시오. 저놈이 저래 뵈도 실력은 좋으니."

"고맙소! 저 약초를 구해준게 대협이라 들었소. 정말, 대협들에게 받은 이 은혜를 어찌 갚아야 할지……."

"운이 좋았던 것이고 주군에게 신분패를 빌려준 여인이니 도와준 것이오. 너무… 그럴 필요 없소."

"아닙니다. 고맙소! 고맙소. 정말!"

다 큰 중년 남자가 닭똥 같은 눈물을 뚝뚝— 흘리며 안겨오자 담백이 어색하게 한종우를 다독였다.

마교인으로 나서 마교인으로 자랐고, 힘이 전부인 마교의 세상에서 살아남기 위해 못할 짓이 없었던 그였다.

칭찬을 받기보단 욕을 먹었고, 칭송받기보다는 원망을 더 많이 받았다.

누구를 살리기보다는 죽이는 일을 해왔던 그였다.

그런데 이곳에 온 이후로 만나는 이들마다 그들을 칭찬했고 감사해 했다.

이제는 누군가를 살리고 있었다.

자신이 직면했던 모든 상황이 반대가 되어 돌아왔을 때 담백은 적응이 되지 않았다.

실감이 나지 않았고 어색했다.

하지만 단 한가지 분명한 것은 이 모든 것이 싫지만은 않았다.

"흐어어엉!"

아이처럼 우는 한종우를 달래며 담백이 별채를 묵묵히 바라봤다.

이제 남은 것은 설영의 능력과 한소진의 정신력이었다.

* * *

이마에 흐르는 땀을 닦아내며 설영이 눈을 부릅떴다.

한소진을 치료한지 일주일이 지났다.

한소진의 체력은 이제 바닥인지 숨은 점점 거칠어졌고 힘이 없었다.

"마지막이다. 이번 한번만 견디면 살 수 있다."

반쯤 정신을 놓은 한소진이 설영의 목소리를 들었는지 고개를 돌려 힘없는 미소를 지어 보였다.

그녀의 힘없지만, 화사한 미소에 설영이 처음으로 그녀를 향해 마주 미소를 지었다.

"나를 믿어라. 내가……."

한소진의 눈을 마주한 설영이 어색한 미소와 함께 조용히 말했다.

"널 살리마."

설영의 말과 담긴 미소를 본 한소진이 살짝 놀란 듯 눈을 크게 떴다가 다시 밝은 미소와 함께 고개를 끄덕였다.

"네."

갈라지고, 힘없는 목소리였기에 설영은 더욱 힘을 내며 기운을 불어넣었다.

설영의 내력이 흘러 들어갈 때마다 한소진이 몸을 퍼덕이며 고통에 찬 신음을 흘렸다.

오랫동안 막힌 기혈들을 풀어내는 일은 보통 일이 아니었다. 그에 따른 고통도 적지 않았다.

하지만 그동안 설영, 담백과 지내며 단련해온 신체 덕분일까. 그녀는 고통을 이겨내며 긴 시간을 참아내고 있었다. 오음절맥으로 인해 비틀리고 뒤집힌 기혈을 설영이 차근차근 찾아내며 풀어주고 있었다.

단지 기운으로만 느끼기에는 한계가 있었지만 설영은 오랫동안 한소진의 몸을 살펴보았기에 어려움 없이 막힌 기혈들을 찾아냈다.

그렇게 다시 이틀의 시간이 지났다.

하릴없이 별채의 밖에서 한소진과 설영이 나오기만을 기다리던 담백은 낯선 얼굴을 발견하고 고개를 갸웃거렸다.

멀리서 다가오는 이는 검은 무복을 입은 큰 키의 사내였다.

겉보기엔 무인인 것 같았지만 그 수준을 가늠할 수가 없었다.

"너는 누구냐?"

다가오는 사내를 향해 담백이 경계하며 말했다. 다가온 사내는 무심한 눈으로 별채와 담백을 번갈아 보더니 이내 천천히 입을 열었다.

"구엽자지선란실이란걸 구했나보군. 한소진은 치료 중인가?"

"그걸 네가 어떻게?"

설영과 자신밖에 모르는 사실을 아는 사내에 어리둥절해 하던 담백은 곧 무연의 손에 들린 역천검을 발견하고 눈을 크게 떴다.

"역천…검? 네가 어째서 주군의 검을."

"단서연이 신천우에게 잡혔다."

"뭐, 뭣이!"

분노한 담백이 무연의 멱살을 잡아챘다.

거센 담백의 기운과 살기가 옭아맸지만, 무연은 아무렇지 않은 듯 담담하게 내려다보았다.

"살면대의 암수들과 초절정에 이른 무인이 나타났다. 내가 암수들을 상대했는데 그 와중에 초절정에 이른 무인이 단서연을 제압해 데려간 것 같다."

"네놈! 네놈은 누구고! 왜 주군이 잡혀가게 놔둔 것이냐!"

"진정해라. 담백…….."

힘없이 들려오는 갈라지는 듯한 메마른 목소리에 담백이 고개를 돌리자, 별채에서 설영이 터덜터덜 절뚝거리며 다

가왔다.

"설영… 주군이! 주군이 신천우에게!"

"알아. 나도 들었다."

말을 마친 설영이 무연을 바라봤다.

"자세한 건 가면서 듣지. 늦으면 늦을수록 주군에게 좋을게 없을 테니까."

메마르게 들려오는 설영의 목소리에 무연이 설영을 위아래로 살펴봤다.

당장에 쓰러져도 이상하지 않을 만큼 몸 상태가 좋지 않았다.

묵묵히 살펴보던 무연이 멱살을 잡은 담백의 손을 잡아 뿌리친 후 설영에게 다가갔다.

"어, 어?!"

분명 힘을 빼고 있지 않았음에도 너무도 쉽게 손을 뿌리치자 의아한 표정으로 설영에게 다가가는 무연을 멍하니 바라봤다.

"가부좌를 틀고 앉아라. 십만대산으로는 먼 길을 가야 한다."

"내 몸은 내가 알아서 해."

무연의 말에도 설영이 손을 휘저으며 절뚝거리며 나아갔다. 무연이 오른발을 들어 설영의 무릎을 툭— 하고 찼다.

"끅!"

설영이 무릎 꿇으며 자리에 철푸덕 주저앉자 놀란 담백

이 성난 목소리로 무연을 향해 날아들었다.

"이놈이! 설영에게 무슨 짓이냐!"

"이대로 가다간 십만대산은커녕 그 중간까지 가는 것도 벅찰 거다. 몸을 보전하고 가도 늦지 않다."

날아드는 담백을 무시한 채 설영의 뒤에 앉은 무연이 등에 손을 올렸다.

무연이 하려는 짓을 깨달은 설영이 급히 가부좌를 틀었다.

"너는 내 심법을 알지 못…….."

설영이 다급히 입을 열어 외치려 했지만 곧 파도가 밀려오듯 들어오는 무연의 내력에 눈을 질끈 감았다.

예복(禮服)

"으음······."

무거워진 눈꺼풀을 간신히 들어올린 단서연이 주변을 살펴보았다. 부드러운 이불과 푹신한 침대의 느낌 그리고 전체적으로 어두운 색의 방. 그녀는 굳이 샅샅이 뒤져볼 필요 없이 이곳이 어디인지 단번에 알아차렸다.

"신교군······."

그녀는 지금 마교에 와 있었다.

마장추와의 싸움을 회상하며 한순간의 방심으로 잡힌 것을 떠올리며 뻐근한 몸을 주물렀다.

"무연······."

"그게 너와 같이 있던 사내의 이름이냐?"

낯설면서도 익숙한 목소리에 단서연이 얼굴을 굳혔다.

그리고 애써 시선을 돌리지 않았다. 굳이 눈으로 보지 않아도 누구인지 알 수 있었기에.

"신천우."

"단서연… 오랜만이야. 그동안 무림맹에 붙어 있어서 데려오질 못했는데 이번엔 무슨 바람이 불어 신교로 온 거지?"

뒤에서 나타난 신천우가 진한 미소를 띄고 단서연의 옆에 앉았다.

푹신한 침대가 신천우에 의해서 출렁거렸다.

"어차피 신교로 올 건데 이렇게 무리할 필요가 있었나?"

싸늘한 물음에 신천우가 단서연을 향해 고개를 내밀었다. 단서연의 향을 맡는 듯 코를 킁킁거리던 신천우가 비릿한 미소를 지었다.

"하하. 나는 곱게 모셔오라고 했어. 상황을 그렇게 만든 건 너라고. 단서연. 네가 반항하지 않았어도 마장추가 그렇게 거칠게 대하지도 않았을 거라고."

단서연의 향을 음미하듯 게슴츠레 눈을 뜨며 코를 킁킁대던 신천우가 그녀의 어깨에 손을 얹었다.

"치워."

어깨에 손이 얹히기 무섭게 단서연의 손이 빠르게 신천우의 손을 쳐냈다. 신천우가 빙긋 웃으며 침대에서 몸을

튕겨 일어섰다.

"여전히 까칠해. 뭐, 난 너의 그런 점이 마음에 들어. 꺾기 힘든 꽃처럼 꺾고 싶은건 없거든. 너처럼."

"닥치고. 용건만 말해. 왜 날 데려온 건지?"

"하하! 너도 잘 알고 있잖아. 내가 왜 살면대의 암수들을 이십명이나 희생해가며 널 데려왔는지."

이십명의 살면대원을 잃었다는 신천우의 말에 단서연이 살짝 놀란 듯 그를 바라봤다. 단서연이 놀란 듯 바라보자 신천우가 재미있다는 듯 웃었다.

"왜 그렇게 놀라. 네 동료니 네가 잘 알거 아니야. 왜, 설마 그 정도의 힘을 가지고 있는지도 몰랐던 거야?"

가만히 신천우의 말을 듣고 있던 단서연이 대답하지 않고 고개를 돌렸다.

"나도 우리 부인을 모셔오기 위해서 엄청난 희생을 했다고. 살면대원 한명, 한명 키우는데 얼마나 많은 금전이 들어가는지 알아? 아마 넌 상상도 못할 거야. 하하! 그런데 그 무연이라는 놈이 살면대원을 무려 이십명이나 죽였어."

단서연의 턱을 잡고 자신의 얼굴 쪽으로 당긴 신천우가 살기 어린 눈을 했다. 그는 비릿한 미소를 유지한 채 단서연을 향해 입을 열었다.

"그래서 지금 어떻게 할까 고민 중이야."

"그는 나와 관계없어. 그는 내버려 둬."

"하?! 천하의 단서연이 이렇게 말할 정도라면 정말로 대단한 녀석인가 보군! 감히……."

단서연의 턱을 잡은 손을 놓은 신천우가 이번엔 그녀의 머리카락을 거칠게 쥐었다.

"얼어붙은 내 여자의 마음을 이렇게 뒤흔들어놓을 줄이야! 정했다. 단서연, 네 혼인선물로 그놈의 목을 갖다주지!"

"그자는 나랑 관계……."

"그래. 나도 알아! 그러니 죽이겠다는 거야. 관계없으니 죽어도 슬프지 않겠지! 살면대원을 이십명이나 죽인 놈이야. 그런 놈을 살려둘 순 없지… 기대하라고!"

머리를 잡아 자신 쪽으로 끌어당긴 신천우가 단서연의 귓가에 속삭였다.

"고통과 두려움에 젖어 죽은 그놈의 머리를 말이야. 하하하하!!"

광기 어린 웃음을 지은 신천우가 머리를 놔주며 그녀에게서 멀어졌다.

"그럼, 잘 쉬라고. 우리의 혼인식까지. 하하!"

신형을 돌린 신천우가 문을 열고 모습을 감추었다.

신천우가 사라지자 헝클어진 머리를 정돈한 단서연은 아무리 살펴봐도 역천검의 모습이 보이지 않자 주먹을 말아쥐었다. 그녀가 가진 유일한 가족의 유품이었는데 마장추와의 싸움 이후로 사라진 것이다.

"역천검……."

자신의 분신처럼 여기던 검이 사라지자 마음속 한편이 공허해지는 것 같았다.

그래도 다행인 것은 무연이 살아 있다는 점이다.

그러나 살면대원이 스무명이나 죽었다는 말에 무연도 적지 않은 피해를 입었을 거라 생각한 단서연은 자리에 일어섰다. 어차피 마교의 지리는 꿰고 있었다. 도망치는 데에도 문제는 없을 거라 생각하며 내공을 모았다.

하지만 문제가 있었다.

'내력이 모이질 않는다… 설마.'

단서연의 시선이 빠르게 주변을 훑었다.

그때 침대옆 작은 원형 탁자에 놓여 있는 천 보자기와 물이 담겨진 잔이 보였다. 빠르게 다가가 보자기의 향을 맡아본 단서연이 인상을 살짝 찡그렸다.

'산공독… 내력을 억제시킨 건가?'

향이 독하게 나는 걸로 보아 산공독의 위력은 생각보다 강해 보였다. 산공독은 목숨을 취할 정도로 강한 독기를 가지고 있지는 않았지만 무인의 내력이 모이지 않도록 하는 효과를 가지고 있었다.

게다가 이 정도로 짙은 향을 내는 산공독은 절정에 이른 무인이라 하더라도 최소 닷새 정도는 내력이 제대로 모이지 않을 것이다.

'어처구니가 없군. 내가 도망칠 것을 예상하고 산공독을

먹인 건가?'

신천우의 치밀함에 분노한 단서연이 보자기를 구겨 바닥에 거칠게 내팽개친 후 빠르게 문으로 다가가 문고리를 열어젖히려 했다.

하지만 문 역시 잠겨 있는 듯 꿈쩍도 하지 않았다.

"문은 잠겼습니다. 얌전히 계십시오. 만약 공녀님께서 멋대로 움직이시면 손을 써도 좋다는 주군의 명이 있었습니다."

들려오는 묵직한 목소리에 단서연이 문고리를 놓고 신형을 확 돌려 창가로 향했다.

창문 역시 잠겨 있겠지만, 내력이 없다 한들 단서연은 무인이었다. 창문 하나 부수는 것쯤은 무리도 아니었다.

그러나 신천우는 이 또한 예상했는지 창가로 다가가자 창문 밖으로 인기척이 들려왔다.

"살면대원 네명이 각 방위를 점하며 지키고 있습니다. 섣부른 행동은 하지 마십시오."

싸늘하게 들려오는 살면대원의 말에 창틀을 잡은 단서연이 손을 뗐다.

신천우가 지독하리만큼 치밀하게 가두어 둔 것이다.

탈출할 방법이 없음을 깨달은 단서연은 천천히 걸어 침대에 걸터앉았다. 이미 만반의 준비를 해놓은걸 보니 혼인식까지도 얼마 남지 않았을 것이다.

"휴우."

짧은 한숨을 내쉬며 침대에 몸을 완전히 뉘인 단서연이 멍하니 천장을 바라봤다. 묵빛이 나는 어두침침한 천장을 바라보고 있으니 왠지 밤하늘을 보는 것 같았다.

"어떻게 해야 합니까. 아버지. 할아버님."

답을 듣고 싶어 물은 것은 아니었지만 허무한 외침 속에 들려오는 건 적막뿐이었다. 앞으로 무슨 일이 기다리고 있는지 단서연 그녀도 잘 알고 있었다.

그녀에게 남은 것은 신천우와의 혼인이었다.

후계를 양성하기 위한 목적도 있었지만 단각의 손녀인 그녀에게서 마신의 후예라는 정통성을 이어받고자 하는 신천우의 계략이었다. 혀를 깨물고 죽고 싶을 만큼 싫은 혼인이었지만 다른 수가 없었다.

복수도 이루지 못하고 이곳에서 쓸쓸하게 자살을 택하는 것은 그 어떤 선택보다 어리석음을 모를 정도로 멍청하지 않았다.

우드득—

강하게 이를 간 단서연이 눈을 붉게 빛냈다.

어차피 혼인은 피할 수 없었다.

늘 목을 베어내는 꿈을 꿀 정도로 신천우를 증오하지만 복수를 위해선 몸 따윈 버릴 각오가 되어 있었다.

"무연."

신천우에 대한 복수심을 불태울 때 불현듯 저도 모르게 무연의 이름을 중얼거렸다. 놀랐는지 눈을 동그랗게 뜬 단서연이 손을 들어 자신의 입술을 매만졌다. 이유는 알 수 없었지만 계속해서 그의 이름을 부르게 되었다.

"어째서……."

알 수 없는 자신의 마음에 단서연이 조용히 손을 내려다보았다.

*　*　*

"그래서 주군이 패배하여 끌려가셨다고?"

"그것 외에는 짚이는 바가 없다."

설영의 물음에 무연이 담담하게 대답했다. 앞서 달려가는 설영과 무연을 지켜보던 담백이 성을 내며 외쳤다.

"말도 안 된다! 감히 주군을 제압하고 생포해갈 정도의 실력자가 있을……."

성을 내며 외치던 담백이 말끝을 흐렸다.

그런 실력자는 흔치 않다는 말을 하려던 담백은 머릿속에 떠오르는 몇몇의 얼굴에 인상을 찡그렸다.

"설마… 사마수(四魔手)의 짓인가?!"

"사마수?"

무연이 궁금한 듯 설영을 바라보았다. 설영이 달리는 와중에도 입을 열었다.

"신천우를 보좌하는 네명의 신교 무인들이다. 개개인의 수준은 초절정에 달했고 쓰는 무기도 다양하지. 하나같이

276

성질이 더럽고 잔인하기로 소문난 자들이다."

"그중에서도 마장추… 그 변태 같은 새끼가 주군을 데려 간 건 아니겠지?"

"글쎄. 대외적인 일은 대부분 칠두에게 맡기지만 혹시 모르지."

쾅—!

달리는 와중에 분노에 못 이긴 담백이 애꿎은 나무를 박 살냈다. 그는 후회와 한탄을 반복하고 있었다. 자신이 늦 는 바람에 주군이 설영과 담백을 두고 출발했고, 그 때문 에 잡힌 거라고 생각했기 때문이다.

"확실히 실력 있는 자들이었다. 만약 단서연을 데려간 자가 사마수 중 한명이라면 우습게 볼 자들이 아니란 말이 군."

"당연한 소리. 사마수 한명, 한명이 한 문파의 장문인급 이라 보면 된다. 너희 정파의 기준에선."

딱히 어느 쪽에 속해본 적이 없는 무연이었지만 현재는 무림맹 소속이었으니 설영의 말에 고개를 끄덕였다.

한소진의 치료를 마치고 한가장을 빠져나와 달린지 꽤 오랜 시간이 지났다.

쉴 새 없이 전력을 다해 달린 덕분인지 마교와는 점점 가 까워지고 있었는데 한가지 문제가 있었다.

"만약 주군이 정말로 신천우에게 잡힌 거라면 본교 천교 당의 영역으로 들어가야 한다."

"천교당이라… 쉽진 않겠군."

마치 천교당을 이미 알고 있다는 듯한 무연의 말에 담백과 설영이 의아한 듯 바라봤지만, 이내 시선을 돌렸다.

무림맹 소속인 무연이 마교의 심장부라 할 수 있는 천교당에 대해서 들은 적이 있을 리 없었기 때문이다.

"우리야 신교로 들어가는 건 어렵지 않겠지만 문제는 너로군."

설영의 말에 무연이 품에서 마교신패를 꺼내 보였다.

마교신패를 발견한 담백이 눈을 동그랗게 뜨고 놀란 듯 말했다.

"마, 마교신패? 이걸 네가 어떻게 가지고 있는 거냐?!"

"스승님 거야."

"스승이 누구였기에?!"

대체 스승이 누구기에 마교의 은인만 가질 수 있다는 마교신패를 가진 것인지 이해할 수 없는 담백이 물었다. 무연은 살짝 미소를 지어줄 뿐이었다.

쉽게 알려주지 않자 담백도 고개를 핵 돌렸다. 애써 캐묻고 싶지 않았기 때문이다.

그렇게 사흘을 내리 달린 무연과 설영, 담백. 어느새 우뚝 솟은 봉우리들이 보이기 시작했다.

수많은 봉우리, 즉 산들이 존재한다고 하여 십만대산으로 불리는 곳. 마교였다.

"후우… 후우!"

거칠게 숨을 내쉰 담백이 이마에 흐르는 땀을 닦아냈다. 이토록 빠르게 쉬지 않고 달린 것은 정말로 오랜만이었다. 그것은 설영도 마찬가지였는지 뜨겁고 답답한 숨을 내쉬고 있었다.

거친 숨을 몰아쉬는 와중에도 담백은 질린 듯이 무연을 바라봤다. 사흘 내내 달리는 동안 단 한번도 지친 기색을 보인 적이 없었다.

시간이 지나고, 거리가 늘어남에 따라 점점 무거워지는 자신들에 반해 무연의 신형은 한결같이 사뿐하게 땅을 박차고 날아올랐다. 마치 깃털을 연상케 하는 신법에 질린 담백이 고개를 휘휘 저으며 마교를 올려다보았다.

십만대산의 입구에서부터 성벽처럼 높게 쌓인 묵색의 벽을 바라보던 설영이 빠르게 주변을 살폈다.

"정문으로 들어가는 것은 위험해. 주군을 납치한 자들이 니만큼 우리를 곱게 볼 리 없어. 아마 무슨 수를 썼겠지."

"이런 제기랄! 주군이 잡혀 있는데 마음대로 쳐들어가지도 못한다니!"

분통을 터트리던 담백이 주변을 살폈다.

십만대산은 입구가 한곳뿐이었다. 다른 곳은 높은 성벽으로 가로막혀 있었기에 함부로 침입할 수도 없었다.

오죽하면 마교에 자유로이 드나들 수 있는 것은 네가지뿐이라 했다. 하나는 마교의 주인인 교주요. 다른 하나는 바람이요. 다른 하나는 새요. 마지막 하나는 빛뿐이라 했다.

마교와는 어울리지 않는 말들이었지만 그만큼 성벽은 높았다. 게다가 정사대전의 패배 이후 마교는 십만대산이라도 온전히 지키기 위해 성벽을 더욱 높게 쌓았다.

"등에 날개가 돋친 것이 아닌 이상 신교로 들어가는 길은 오직 정문 하나다."

"그건 나도 알아."

담백이 알고 있다며 투덜댔지만, 설영은 투덜거림은 가볍게 무시한 채 고개를 돌려 무연을 향해 말했다.

"하지만 정문이 아닌 길이지만 신교로 통하는 길이 하나 더 있지."

"마교의 직계만이 알고 있다는 비밀통로?"

무연의 말에 설영과 담백이 고개를 저었다.

"십만대산에 비밀통로는 없어. 신교의 교주는 신교와 운명을 같이한다. 그래서 몸을 피할 비밀통로 따위는 만들지 않아."

자신의 기억과는 다른 설영의 말에 무연은 가만히 고개를 끄덕였다. 무연이 기억하는 마교의 모습은 이십년 전이었으니 어쩌면 그사이에 통로가 사라졌을 수도 있었다. 아니면 단각이 거짓말을 했거나.

"다른 통로는 수로다."

"수로?"

담백이 의아한 표정으로 설영을 바라보았다. 설영이 마

교의 오른편에 높게 쌓인 성벽을 가리켰다.

"성벽 안으로 물이 고이지 않게 하고, 신교내에서 사용되는 식수나 하숫물을 처리하기 위해 만든 수로가 있다. 땅속 깊은 곳에 만들어져 있어서 대외적으로 알려져 있지는 않지만 실존하는 길이다."

"하지만 그건 말 그대로 수로잖아. 물만 지나다닐 수 있는 길이라고."

"맞아. 수로는 통로가 비좁은 데다 두꺼운 창살로 막혀있고 땅속 깊은 곳에 묻혀 있어 들어가기도 어렵지."

설영과 설전을 벌이던 담백이 인상을 있는 대로 구겼다.

"그 말이 결국 내 말과 뭐가 달라! 우리가 물이 되지 않는 이상 수로로는 갈 수 없어."

"물이 지나다니는 길 말고 다른 길이 또 있군."

조용히 두 사람의 대화를 듣고 있던 무연이 담담히 말했다. 설영이 고개를 끄덕였다.

"그래. 물이 지나다니는 수로의 옆에는 하나의 통로가 더 있다. 이곳으로는 음식물쓰레기가 버려진다. 막힐 위험 때문에 수로보다 넓고 창살이 촘촘하지 않지."

"설마 음식물을 버리는 하수구로는 아무도 오지 않을 거라 생각한 건가?"

"그 설마가 맞을 거야."

담담히 주고받는 무연과 설영의 대화에 담백이 살짝 창백해진 얼굴로 물었다.

"설마 음식물 쓰레기를 처리하는 통로로 지나가자는 건 아니겠지?"

"맞아. 바로 그 말이다."

아니라고 말해달라는 듯 간절하게 묻는 담백을 향해 설영이 가차 없이 고개를 끄덕였다. 그러자 담백이 주먹을 굳게 말아쥐며 정문을 향해 신형을 돌렸다. 당장 정문으로 들어가 눈에 보이는 모든걸 박살낼 기세였다.

"허튼짓하지 마."

"됐어! 음식물 쓰레기장을 지날 바에는 사마수고, 살면대고 뭐고 다 때려부술 테니까!"

"생각 좀 해. 지금 인질로 잡혀 있는건 주군이야. 우리가 난동을 부릴수록 주군의 입장은 점점 더 난처해진다는 걸 모르나?"

"으으… 젠장! 제기랄!"

신형을 다시 휙 돌린 담백이 눈을 질끈 감았다.

아무리 생각해도 음식물 쓰레기 통로를 지나간다는 것이 마음에 걸렸다.

"일주일간은 물속에 몸을 담궈야겠군."

울상 지은 담백이 투덜대며 설영을 따라 움직였다. 설영이 나즈막히 대답했다.

"한달은 있어야 할 거다."

* * *

파도처럼 쏟아지는 방대한 분량의 자료와 정보들 그리고 장부들을 보며 장현이 혀를 내둘렀다. 나머지 용천단원도 마찬가지인지 입을 살짝 벌린 채 넓은 방을 모조리 차지한 엄청난 양의 자료들을 넋을 놓고 쳐다봤다.

　"이거, 일부러 이러는 건 아니겠죠?"

　백아연이 넋을 놓은채 묻자 도원이 팔짱을 끼고 방대한 양의 자료를 보며 말했다.

　"거의 모든 자료를 달라고 했으니, 아마 우리의 뜻대로 준 것일 게다."

　"이렇게 많은 양의 자료를 볼 필요가 있을까요?"

　장혁이 이건 말도 안 된다는 듯 도원을 향해 간절히 물었다. 하지만 도원은 단호하게 고개를 저었다.

　"혈교가 언제, 어디서부터 화산파에 침투했을지 모르는 일이다. 웬만한 자료들은 전부 살펴볼 필요가 있어. 우리에겐 이주밖에 시간이 없으니 각자 분량을 맡아 샅샅이 찾아보도록 하여라!"

　"네."

　평소라면 우렁차게 대답했을 용천단원도 이번만큼은 힘 있게 외치지 못했다. 쌓인 자료와 정보가 담긴 서책의 수는 헤아릴 수 없을 만큼 많았다.

　한편, 용천단원이 화산파의 정보와 자료들의 늪에서 헤어나오지 못할 때. 그들을 안쓰럽게 바라보던 모용현이 걱정스럽게 물었다.

"저희가 도울 일은 없을까요?"

"용천단의 일이자 맹의 업무야. 천소단원인 우리는 나설 수도 없고 개입해서도 안 돼."

남궁청의 단호한 말에 운현이 고개를 끄덕였다.

"맞아. 우린 천소단원이야. 협조를 하고 있다고 해도 용천단원이 아닌 이상 함부로 감찰단의 일에 개입해서는 안 돼. 우린 우리의 일을 하자."

"우리의 일?"

화설중이 궁금하여 묻자 운현이 살짝 인상을 찡그렸다.

"우린 이곳에 무인수행을 목적으로 왔잖아. 그러니 이제 수행을 시작해야지."

"응? 수행을 한다고? 우리 목적은 어디까지나 용천단원의 수월한 감찰을 위해……."

어떻게든 이 상황을 모면하려 화설중의 눈동자가 빠르게 주변을 살폈지만 누구 한명 도우려는 이가 없었다. 가족인 화설마저도 한심스럽게 화설중을 바라보고 있었다.

"오라버니. 운 공자님 좀 본받으세요. 게다가 화산파에 왔으니 수행을 게을리하면 안 되죠!"

"휴우. 어쩔 수 없지. 설아, 우리도 그럼 사부님께 전수받은 검……."

"아쉽지만 저는 사부님을 뵈러 가야 해서 이만 가볼게요!"

싱그러운 미소를 남긴 채 화설이 총총걸음으로 멀어져 갔다. 믿었던 화설이 자신을 두고 장사혁을 보러 가자 화설중이 절망에 빠진 얼굴로 멀어져가는 뒷모습을 바라봤다.

"정녕 우린 가족이 아니었던 건가. 나는 네 오라버니가 아니었나……!"

"잔말 말고 따라와."

화설중이 남궁청의 팔을 이끌려 결국 연무장으로 향했다.

* * *

"실례하겠습니다. 공녀님."

정중한 요청과 함께 굳게 잠겨 있던 문이 열렸다. 하얗고 깨끗한 무명옷을 입은 여인이 세명이나 들어오자 단서연이 긴 한숨을 내쉬었다. 그녀의 긴 한숨에도 세명의 여인은 재빨리 다가와 옷을 하나씩 벗기기 시작했다.

처음에는 다짜고짜 옷을 벗기는 여인들을 타박하기도 했지만 그녀들은 신천우의 명으로 혼인식에 입을 예복을 입혀보러 온 것이니 더 이상 나무랄 수가 없었다.

마교 의복의 상징이라 할 수 있는 적룡흑의를 바탕으로 한 검은 바탕의 예복은 최고급 비단을 사용하여 윤기가 흐르고, 부드러우며 바람에 실려 날아갈 정도로 가벼웠다.

예복을 모두 입힌 세명이 단서연의 앞으로 살짝 다가와 위 아래로 살폈다.

"아름다우세요."

"마치 선녀 같으시네요."

"공녀님의 미모가 예복과 함께하니 더욱 빛을 내시는 것 같아요."

상투적인 칭찬을 건넨 여인들이 다시 다가와 그녀의 얼 굴에 화장을 시작했다. 난생처음 해보는 분칠에 거부감을 보였지만 능숙한 솜씨의 여인들은 단서연의 몸부림에도 아랑곳하지 않고 화장을 마쳤다.

"화장을 하니 더욱 아름다우세요."

"역시 공녀님은 하늘님의 짝이십니다."

신천우의 짝이라는 말이 불쾌하기 짝이 없었지만 단서연 은 말없이 우두커니 서 있었다.

그때 방문이 다시 열리며 등장한 한 사내에 단서연이 인 상을 찡그렸다.

"오! 역시! 그 표독스럽고 차가운 얼굴에 생기를 불어넣 으니 더욱 아름답기 그지없군. 예복도 잘 어울리고. 내 아 내로서 한점 부끄럼도 없는 모습이야."

예복을 입은 단서연을 위아래로 살피며 다가온 신천우가 그녀의 얼굴을 손으로 쓸어내리며 조용히 속삭였다.

"혼인식은 이틀 뒤야. 기대하고 있으라고."

말을 마치고 떠나는 신천우를 보며 단서연은 내심 안도

했다. 혼인식이 이틀 뒤로 다가왔음에도 무연에 대한 이야기를 하지 않는걸 보아하니 아직 신천우에게 잡히지 않은 것 같았다.

예복을 내려다보던 단서연이 살짝 미소 지었다.

"다행이야."

〈다음 권에 계속〉

어울림 BOOKS
신인 작가 대모집!

어울림 출판사는 무한한 상상력과 뜨거운 열정을 가진 작가 여러분을 기다리고 있습니다.

창작에 대한 열의가 위대한 작품으로 꽃피울 수 있도록 저희 어울림 출판사가 여러분의 힘이 돼 드리겠습니다.

지금 도전하십시오!

모집 분야 : 판타지, 역사, 무협, 로맨스 등
모집 대상 : 아마추어, 인터넷 작가등 열정을 가진 모든 작가
모집 기한 : 수시 모집
작품 접수 방법 : 당사 네이버 카페 또는 이메일을 이용해 주십시오.

파일 형식은 제한이 없으나 원활한 원고 검토를 위해 '.HWP' 형식으로 보내주시고, 파일에 연락처도 함께 기재해주시면 됩니다.

채택된 작품은 정식 계약을 통해 출판물로 간행됩니다.
간행된 출판물은 당사의 유통망을 이용하여 전국 서점으로 배포됩니다.
※ 문의 사항은 **네이버 카페**(http://cafe.naver.com/oulim0120)를 이용하시기 바랍니다.

경기도 고양시 일산동구 장항동 731 동하넥서스빌딩 307호
어울림 출판사 신인 작가 담당자 앞
전화 031) 919-0122 / **E-mail** 5ullim@daum.net